魔王のアトリエ
奇跡のアクセサリの作り方

坂

富士見L文庫

プロローグ
5

第1話　勇者の指輪
8

第2話　最後のイヤリング
55

第3話　約束のペンダント
89

第4話　魔王のブローチ
131

第5話　真実のブレスレット
171

第6話　聖女のネックレス
199

第7話　未来の指輪
247

エピローグ
269

勇者の弟
273

あとがき
282

contents

プロローグ

その街では、奇跡を起こすアクセサリが手に入る。

辺境の街トリトの片隅には、ひっそりと佇《たたず》むように小さなアクセサリ工房が存在した。

入口のドアを開けるとカランカランとカウベルが音を立てて鳴り響き、カウンターの奥で作業していた青年がこちらに顔を覗《のぞ》かせてパッと表情を変える。

彼の名前はレイ。

私の雇い主であり、同居人だ。

「ヤミ、おかえり。買い物ありがとう」

紙袋を抱えた私をレイは出迎えてくれる。私は「大丈夫」とレイに微笑《ほほえ》んだ。

「今御飯作るね。まだ作業してても良《い》いよ」

「ありがとう。じゃあお言葉に甘えようかな」

レイが奥に引っ込んでまもなく、金属をタガネで打つ音が鳴り響く。

彼はこの店の店主であると同時に、優れたアクセサリ職人でもあった。

レイがアクセサリを作る音は、この店の日常風景の一つだ。

私は紙袋に入った荷物をカウンターに置くと一息つく。

「市場はどうだった？」

タガネを打ち込んだ部分を観察しながらレイが尋ねてきた。

「いつもと一緒だったけど……あ、オルフがいて挨拶したよ。ケイトも一緒だった」

「本当かい？　ケイトさん、あれからしばらく経《た》ったけど大丈夫なのかな」

「元気だって言ってたよ」

「なら良かった」

「それから、王都で流行《はや》ってるっていう新しい食材を見つけたの。試しに買ってみたよ」

「へぇ、そんなのがあるんだ」

「市場の人が調理法も教えてくれたよ。お湯で煮て柔らかくしてから、トマトとニンニクでソースを作って絡めるんだって。ベーコンやチーズを混ぜるとすごく美味《おい》しくなるって」

「じゃあ、せっかくだしお昼はそれにしようか」

「今作るね」

「あ、その前にヤミ。少しお願いがあるんだけど」

「何？」

「このアクセサリに魔法をかけてほしいんだ」

レイはそう言うと、作業台のアクセサリを布で包んでカウンターに持ってきた。

置かれたのは美しい紫色の鉱石が嵌《は》められた、シンプルなシルバーリングだ。

「すごくキレイだね。本当に魔法をかけて良いの？」

「もちろん。ヤミの魔法があるから、このアクセサリは完成するんだよ」

「分かった」

私はそっと指輪に手をかざすと、意識を集中し、指先に魔力を集める。

すると、アクセサリが仄《ほの》かな紫色の輝きに包まれた。

私の魔法は、レイの作ったアクセサリに奇跡を宿す。

このアクセサリ工房は『ルーステン』。三女神の一柱、光の女神ルースの名をもじってつけられた名前であり。

魔王を討ち取った勇者ルクスの生家でもある。

そして討ち取られたはずの魔王ヤミは、その正体を隠して勇者の弟と暮らしている。

第1話　勇者の指輪

私が初めて恋をしたのは、宿敵である伝説の勇者だった。

美しく輝く金色の髪、まっすぐに私を見る青い瞳、精悍《せいかん》な顔立ち。

堅牢《けんろう》な鎧《よろい》に身をまとい、手には聖なる加護が付与された剣が握られている。

思いやりが深く、正義感が強い人間。それが、私の見た勇者ルクスの第一印象だった。

全身傷だらけの彼は、文字通り命懸けでここまでやってきたのだろう。

魔王である私を殺すために。

「今日、僕は貴様を討ち払いこの戦争を終わらせる」

玉座に座った私に聖なる剣を向けた勇者は、私を見ると驚いたように目を見開く。

何故《なぜ》なら私は――世界中の人が恐れた魔族の王は、たった十六歳の小娘だったのだから。

「お前が……魔王？」

「そう、私が魔王ヤミ。勇者ルクス、あなたをずっと待っていた」

私は顔を上げ、勇者に向かってその言葉を述べた。

「どうか私を殺してほしい」

今から十六年前、私はこの魔族国に生まれた。

母は私を産むと同時に命を落とし、先代魔王である父は私が五歳の頃に死んだ。

突然王位を継ぐことになった私は、唯一の魔王の後継者という立場のためほぼ城に幽閉される形で育てられた。

先代魔王である父は偉大な魔族だった。

人間と魔族が長らく争わずにその均衡を保ち続けたのは、他ならぬ父のお陰だ。

「ヤミは人間が恐《こわ》いか？」

「うん」

「何故だ？」

「だってみんなが人間は恐ろしいって言うから」

「人間のどんなところが恐ろしいのだ？」

「それは……分からない」

「そうだな」

俯《うつむ》く私の頭を、父の大きな手が撫《な》でた。

「人間も魔族も、お互いのことを知らなすぎる。知らない相手が恐いというのは、ただの偏見であり、愚かな思想だ。私はもっと人間のことを知りたいと思っている。だからお前も誰かに言われたからではなく、自分で見て、決めなさい」

「うん」

父は人間と魔族が共存できる世界の実現を夢見ていた。

しかし、長く冷戦状態にあった魔族と人間の関係は、父が死んでから激化の一途をたどった。新たな魔王の支配を大陸に轟《とどろ》かせるという名目で、人間を忌み嫌う一部の魔族が好機とばかりに戦争を起こすようになったのだ。

後に、『大陸十年戦争』と呼ばれる人間と魔族の争いの始まりだった。

政治の実権はすべて部下が担い、結果として多くの場所で殺戮《さつりく》が繰り広げられた。

『やめて。私は争いを望んでいない。私は、人間と魔族が共に歩んでほしいの』

『それはお父上の意向だからですか？』

『えっ……？』

『魔王様、時代は変わりました。先代が亡くなり、魔族はあなたの時代となったのです。新しい時代にお父上の抱いた夢物語のような理想はふさわしくありません。そもそも、魔族が戦っているのはあなたのためなのですよ』

『どういうこと？』

『現魔王がまだ幼いと知られれば、人間たちは増長し、魔族を支配しようとするでしょう。そうならぬよう、我らは魔王様の力を奴らに思い知らさねばならないのです。どうかお任せください。あなたはただ、この玉座にお座りいただくだけで良い』

子どもだった私は、その言葉に言い返すことができなかった。

王位を継承した私は瞬く間に孤立した。頼りにしていた従者は消え、魔王を神として崇《あが》める魔族たちには敬遠された。

私は魔王の玉座に座る偶像として大勢の人間や魔族が死ぬのを見過ごし、孤独の中に生きた。

史上最強の魔王と言われた存在は無力だった。

戦争は長く続き、終結する気配を見せなかった。人間と魔族の対立は決定的で、数年も経つ頃には私も人間と魔族の共存など不可能だと思い始めていた。

戦況は初め、魔法の技術に秀でた魔族に軍配が上がった。

だが状況は三年前に勇者ルクスが現れたことで一変する。彗星《すいせい》のごとく戦場に姿を見せた勇者ルクスは、三人の仲間と共に魔族を次々と討ち払い、戦線を切り開いた。

そしてルクスの剣は、今日、魔王である私の下へと届いた。

外では人間と魔族による戦闘が繰り広げられている。彼はその混乱に乗じて、ここまで単身で乗り込んできたらしい。私の護衛はすべて討ち払われたか逃げ出したのだろう。決死の覚悟で彼がここまでやってきたことが分かった。

この戦争は魔王の力を広げるため、宰相ゾールが民に働きかけて始まったものだ。

魔王が討ち取られれば魔族は戦争の理由を失い、実質的に崩壊する。

戦争は人間の勝利になるだろう。これですべてが終わるのだ。

玉座に座る私の下にルクスは剣を持ったまま近づいてくる。彼は魔族の王たる私を前にしてもひるまず、憎しみではなく使命感や正義感を瞳に浮かべていた。

皮肉にも、長く孤独だった私の目をまっすぐ見てくれたのは、宿敵である勇者だった。

彼の目を見て、私は今日が自分の命日で良いと心の底から思った。

「魔王ヤミ、何故死を望む？」

「私には生きている価値がないから」

生きている価値、なんて言葉が魔王の口から出てくると思わなかったのか、ルクスは小さく息を呑んだ。

「私のせいで大勢が死んだ。私は戦争を止めることができなかった」

「全部お前が望んだことだろう」

「望んでなんかない。でも……結果としてそうなってしまった。だから勇者ルクス、終わらせてほしい。この長い戦争を、私の命で」

ルクスは迷っているようだった。魔王が私のような小娘だと知り、抵抗が生まれたのかもしれない。私がもし残虐非道な魔族であれば、その隙をついて彼を殺すこともできただろう。でも、そんなことはしない。

私はそっとルクスの剣に手を伸ばし、刃《やいば》を喉元に当てた。

「さぁ、この首を切って」

「やめろ！」

ルクスは私の手を掴《つか》むと、泣きそうな顔をした。

「僕は勇者だ。魔王を殺すためだけにここまできた。なのに、そんな悲しそうな顔をされたら、僕はお前を忘れられなくなってしまう……」

そして彼は剣を置いた。

間もなくして、戦争は魔王の死を以《もっ》て終焉《しゅうえん》を迎え、魔族国は陥落した。

温かい太陽の光が木漏れ日を生み、静かに森がざわめいた。

小鳥がさえずり、川がせせらぎ、風が静かに駆け抜ける中。

枝葉を踏む、誰かの足音が近づいてきた。

私はまどろみから抜け出すと、ベッドから起き上がりリビングへ向かう。するとほぼ同時に入口のドアが開き、誰かが入ってきた。

「ただいま、ヤミ。食料を持ってきたよ。良《い》い肉と野菜が手に入ったんだ」

姿を見せたのは、勇者ルクスだった。

魔王城で対峙《たいじ》したあの日、ルクスは私を殺すことができなかった。

眼《め》の前《まえ》で死を懇願する私を見て、彼は剣を振ることを諦めたのだ。

『今のお前を殺すことはできない』

『どうして……?』

『僕にはどうしても、お前が戦乱の元凶だと思えない』

『私が同情を引いてあなたを殺そうとしていたらどうするの』

『僕は生まれつき相手の悪意が見えるんだ。騙《だま》し討ちをしようとする魔族と対峙したことも少なくないが、いずれも殺意を隠し切ることはできていなかった』

『私は魔王だよ。普通の魔族と違う。殺意を消してあなたを殺せるかもしれない』

『もしこれが罠《わな》だったとしたら、自分の甘さを呪って死ぬだけだ』

ルクスは魔王城に旗を立て、魔王を討ち取ったことを高らかに宣言した。そして、魔王が完全に姿を消したことで彼の報告は真実とされた。

元より勇者と魔王の戦いである。苛烈な戦いの中で魔王の遺体が失われたと告げれば、その報告を疑う者はいなかった。

私はルクスの手引きの下魔族国を離れ、人里離れた場所で彼と暮らし始めた。

国境沿いにある山小屋で私たちは暮らしていた。元々は人間が戦時中の拠点として用いていた場所らしい。山小屋と言ってもそれなりに広さはあり、私とルクスの部屋もあるし、リビングも存在する。暮らすには十分な建物だった。

山を下りて三十分も歩けば人間の住む小さな村があるが、ここに誰かが訪ねてくることは基本的にない。

ルクスは毎日のように出かけては、こうして食材を調達してくれていた。

彼は嫌な顔一つ見せないで、私の面倒を見てくれる。

その理由が、私には分からない。

「何を作っているの」

「スープだよ。あまり贅沢《ぜいたく》はできないからね」

「いい匂いだね」

幼い子どものようにワクワクした顔で鍋を覗《のぞ》き込んでいると、ルクスがどこか優しい表情を浮かべていた。

「どうしたの？」

「君が魔王だなんて、ちょっと信じられなくてね」

「外見とか人間と違うと思うけど」

「確かに見た目は魔族だし、魔王と言うには若すぎるけれど、そういう意味じゃないよ」

いまいち何を言わんとしているのかが分からず、私は首を傾《かし》げた。

ただ、穏やかな顔でルクスに見つめられるのは嫌な気がしない。むしろ妙に心が落ち着いた。自分が魔王であることを、時折忘れそうになる。

「できたよ。食事にしよう」

テーブルに置かれる温かなスープを口にする。お肉や野菜を味付けして煮込んだスープには旨《うま》みが溶けており、心まで満たされた。

「美味《おい》しい……。やっぱりルクス、料理が上手だね」

人間と魔族の味覚は違うと思っていたけれども、意外と好みは同じらしい。彼が作ってくれる料理は美味しく、そしてどこか優しい味がした。

私の言葉に、ルクスは「ありがとう」と微笑《ほほえ》む。

「実家でよく作っていたからね。でも、以前食べたヤミの料理も美味しかったよ。お城でずっと暮らしていたって言ってたから、料理できるのは意外だったな」

「私は、身の回りのことは自分でするようにしていたから……」

思えば、こうして誰かと食事をするのも、魔王だった頃にはなかった時間だ。

「ねぇ、ルクス。一つ聞いて良い？」

「何だい」

「どうして私と暮らしてくれるの？　毎日食事まで用意してくれて……」

私が尋ねると、彼は手を止めた。

「魔王を生かしてしまったのは僕だ。僕には君を見張る義務と責任がある」

「義務と責任……」

毅然《きぜん》としたルクスの返答に半ば気落ちしていると、「というのは建前で」と彼は少年のようないたずらっぽい表情を浮かべた。

普段大人びた彼が時折見せる砕けた顔は、何故《なぜ》か私の胸をキュッと締め付ける。

「本当は放っておけなかったんだ。君のこと」

「どうして？」

「殺してほしいと言った君の顔は、あまりにも嬉《うれ》しそうだった。やっと苦しみから解放される……そんな表情に思えたんだ」

人間にとって魔王は諸悪の根源であり、存在自体が災厄でもある。そんな存在が普通の人間や魔族と大差ないことを知り、ルクスはためらったのかもしれない。

ルクスの笑顔は、私の人生になかった安寧をもたらしてくれる。

ルクスの言葉は、私の心を解きほぐしてくれる。

ルクスとの生活は、私の人生に訪れた不意の凪《なぎ》だった。

「ヤミ、今度王都に行ってみないか」

ある日ルクスが口にした言葉に、最初は聞き間違いかと思った。

「明日は王都で建国祭があるんだ。他の国からも多くの人が集まる。変装していけば、そんなに目立たないはずだよ」

どうやら聞き間違いではないらしい。勇者の提案ではないなと思う。

「本気で言ってるの？　私は魔王だよ。人の、それも王国の中心ともいえる場所に行けるはずない」

「魔王城から出た時と同じだよ。魔法で外見を人に寄せれば良い。僕ですら君に会うまで君の名前や顔を知らなかった。魔法で変えてしまえば、誰も君が魔王だと気づきはしない」

「でも、普段村にも下りないのに……」

「こういうのは、人の目が行き届いてる小さな村より、王都の方が安全なんだ。特に建国祭は人が多いからね。人混みに紛れ込める」

「私が言いたいのはそうじゃなくて――」

私はルクスを見つめる。自分で指摘するのは憚《はばか》られるが、ルクスに助けられている立場上、言わないわけにはいかない。

「不安じゃないの？　私が人間を殺したりしないか」

「君が人間を喜んで殺せるのなら、そんなことわざわざ尋ねたりしないだろ？」

「それはそうだけど……」

「君は食事前に感謝の祈りを捧《ささ》げ、朝晩の挨拶やお礼も欠かさない。一緒に暮らしていて、魔族特有の悪意も感じなかった。大量殺戮《さつりく》をするとは思えないから提案したんだ」

「それに」と彼は言葉を続ける。

「君がもし明確に殺意を持って人を殺そうとするなら、その時は必ず僕が止める」

ルクスは本気だ。故に分からなくなる。

「どうしてそこまでして私を王都に連れて行くの？」

ルクスの提案は、あまりにリスクしかないように思えた。

「戦争が終わった今、これからはきっと人間と魔族が共存する時代に入っていく。人間と魔族の関係が変わっていくと思うんだ」

「人間と魔族が共存する時代……」

父がかつて抱いた夢。私が戦時中に無理だと悟った世界をルクスは見ている。

先代魔王が抱いた夢と、全く同じ未来を。

「そんな時代、本当に来るのかな……」

「実際、魔族である君と人間の僕は一緒に暮らせているだろ？」

「私たちは状況が状況だから」

「確かにきっかけはそうだね。でも、もし僕と別々に暮らせたとしても、君は今の生活を望むんじゃないのかい？」

その質問は、正直ズルい。こちらの反応を読んでいたのか、ルクスはニッと笑った。

「これからは人間と魔族の関係が変わっていく。そして君もいずれ、人と生きなければならなくなるはずだ」

「だからその前に慣れさせるっていうこと？」

「ずっとこんな山小屋で暮らしてるだけだと君も気が滅入《めい》るだろ？」

「魔王城に暮らしてた時からほとんど城で過ごしてた。別にこのままでも気にならない。それに私はルクス以外の人間と暮らす気はない」

私の言葉を聞いたルクスは、何故か少し寂しそうな顔をした。

「僕がずっと傍《そば》にいられるとは限らないからね」

どういう意味だろう。

その時の私には、彼の言葉の意味が分からなかった。

次の日、私たちは王都へと向かった。

魔族の服は目立つので、ルクスが用意してくれた服を着て外へ出る。山を下るのも、ルクス以外の人間に会うのも久しぶりだったので緊張した。

近くの村から王都へ連絡する馬車が出ているらしく、それに乗って行くようだ。私たちと同じように建国祭に向かう人が多く、馬車の中はかなり混み合っている。こんなに大勢の人間に囲まれるのは初めてだ。

「そう硬くならなくても大丈夫だよ。今日は人が多い。誰も僕たちには目を向けてない」

隣のルクスがそっと耳打ちしてくれた。彼は目深に帽子を被《かぶ》り、メガネをかけていつもと雰囲気を変えている。勇者として知られている以上、万が一彼の存在がバレたら大騒ぎになるだろう。

するとルクスは物珍しそうに私をまじまじと眺めた。何だろう。

「どうしたの」

「いや、本当の人間みたいだと思ってね」

「そうかな……」

私は自分の髪の毛をつまんでみる。魔族の特徴である尖《とが》った耳や頭頂部の二本の角、目立つ銀髪や赤い瞳の色を魔法で変化させていた。

今の私はダークブラウンの髪の毛と黒い瞳の、どこにでもいる普通の村娘だ。

「君たちはみんなそんな風に外見をいじれるのかい？」

「かなり魔法に精通していないと難しいと思う。逆に、魔法に精通していれば人間でも同じようなことができるよ」

「僕もそれくらいの芸当が出来ればよかったんだけどね」

外見を変えて暗殺を行った事例は数多くある。それ故に、高貴な身分の人間は刺客を見極めるために優れた魔導師を近くに置くのだそうだ。

反対に魔族はその大半が人間よりも優れた魔力を持っているため、そうした騙《だま》し討ちはすぐ見破ってしまう。少なくとも、私はすぐに気付く。

「ルクスは魔法を使えないの？」

「あいにく簡単な魔法しか使えないんだ。魔法はずっと旅の仲間に任せていたから。その仲間とも、魔王城に乗り込む前に別れたけれど」

「……死んでしまったの？」

恐る恐る尋ねると、ルクスは首を振った。

「僕が自分で言ったんだ。『一人で行く』って。魔王城への侵入はかなり危険だったから、万が一にも彼らが死ぬ姿は見たくなかった」

ルクスは魔王を倒すため、たった一人で私の下にやってきた。人間軍の総攻撃に合わせたとはいえ、魔族の大群がいる城内に単独で侵入したことになる。相当な覚悟と実力がなければできることではない。

彼が私を生かすと決意した時、どんな心境だったのだろう。

私が死を望んだ時、彼は悔しそうな、悲しそうな顔をしていた。同時に、どこか安堵《あんど》していたようにも見えた。彼も本当は、誰も死なせたくなんてなかったのかもしれない。

「ルクスは誰に対しても優しいんだね」

「ただ甘くて臆病なだけだよ」

世界で一番勇敢なはずの勇者は、静かにそう言った。

数時間ほど馬車に揺られ、ようやく王都へと到着した。長く馬車に揺られていたこともあり、すっかり体が痛くなってしまった。

そんな私の手をルクスは優しく取ってくれる。彼の手は温かくて大きい、剣士の手だった。手を握られると、心まで包まれるような気がした。

「行こう、ヤミ」

馬車を降りて、辺りを見渡す。

そこは先程までとは別世界だった。

「わぁ……！」

思わず声が漏れる。

装飾された高い建築物、精巧な技巧が施された三体の女神の銅像、数え切れないくらい大勢の人々。街中で音楽が鳴り響き、紙吹雪が舞い、賑《にぎ》やかな声が平和を彩る。辺り一帯に様々な露店が開かれ、街を挙げて建国を祝っているのが分かった。

王都リディアの美しい街並みがそこにあった。

「どうだい、王都の感想は」

「とても綺麗《きれい》。それにみんな楽しそう」

「国中の人たちが今日という日を祝っているんだ。今年は戦争が終わったから、特に盛大にやっているみたいだね」

「そんな場所に私が居ていいのかな」

人間たちにとって、今日は戦争が終わり何の憂いもなく建国を祝える待望の一日のはずだ。魔王である私がこの場に立つのはやはり抵抗があった。

「バレなければ大丈夫だよ。僕たちは今日、誰の心にも陰を落としたりはしない」

「でも……」

「それに、君を連れてきたのは少しでも人間のことを知ってもらいたかったからなんだ」

「人間を？」

「僕らはお互いの文化を知らなすぎる。魔族の文化にも人間の文化にも、楽しいものや、美しいものがあるはずだ。君には人間の文化を見て、触れて、感じてほしかった」

『人間も魔族も、お互いのことを知らなすぎる』

『誰かに言われたからではなく、自分で見て、決めなさい』

ルクスの言葉は、時折死んだ父のものと重なる。

もしかしたら、ルクスと父は似た境遇にあったのだろうか。

父は魔王として人間と、ルクスは勇者として魔族と数多く対峙《たいじ》してきた。だから、誰よりもお互いの種族について知り、人間と魔族が遠くない存在だと気付いたのかもしれない。

ルクスに手を引かれ王都の街を歩く。

音楽や歌に耳を傾け、時には二人で踊りもした。

露店で売られている食べ物は魔族の暮らしでは見ることのなかった物が多く、パンに野菜やお肉を挟んでドレッシングをかけた食べ物に思わず目が輝いた。

道行く人たちの服装も華やかで、見たことのない意匠の物も数多く存在している。魔族の物より凝った刺繍《ししゅう》が施され、人間の技術力を感じた。

変装した私たちを勇者と魔王だと気づく人は誰一人としていない。

ここは私にとって敵国のど真ん中のはずなのに。

いつの間にか私は時を忘れて、王都の建国祭を楽しんでいた。

「ヤミ、楽しいかい？」

「うん。すごく楽しい」

私は目を輝かせる。

「君のそんな顔は初めて見るね」

どんな顔をしていたのだろう。我ながら少しはしゃぎすぎたかもしれない。

ペタペタと自分の顔に触れ、顔が熱くなるのを感じた。そんな私を見てルクスは可笑《おか》しそうに笑う。

「魔族はこんな風にお祭りをしないのかい？」

「すると思うけど……私は父様が――先代魔王が死んでからほとんどお城から出られなかったから、一般的な魔族の文化にはあまり触れられてないの」

私が魔王城で許されたのは、最低限の教育を受けることと、自分の身の回りの雑事をすることだけだった。新たな魔王がまだ幼子だと知られないようにするため、城下町に降りることも許されなかった。

だからこんな風に街を見て回れるのは、私にとってとても新鮮な体験だ。

はしゃぎすぎたのをごまかそうと周囲に目を向けると、旅芸人の姿が目に入った。

「ねぇ、ルクス。次はあそこに……」

声をかけようとして振り返ると、横に立っていたはずのルクスの姿がない。慌てて周囲を探すと、近くの露天商の前で立ち止まる彼の姿があった。

「何を見てるの？」

近づいて視線を追うと、そこにはたくさんのアクセサリが並べられていた。

指輪、ピアス、ブレスレット、ネックレス。

色々なアクセサリに装飾された鉱石が、彩り豊かに輝いている。

アクセサリを見るのは初めてではなかったが、こんなに種類があるとは思わなかった。

「国の職人が作ったアクセサリだよ。色んな鉱石が用いられているんだ」

「綺麗だね。それに強い魔力を感じる」

「鉱石は魔力の結晶だからね。色や硬さなんかで、かなり特色が出るんだよ」

するとルクスは何かを懐かしむように、そっと目を細めた。

「実は僕の弟もアクセサリ工房を開いているんだ」

「弟がいるの？」

「ああ。双子の弟でね。辺境にあるトリトの街に住んでる」

「どんな場所なの？」

「王都と違って穏やかで、暮らしやすい街だよ。自然が豊かで、景色もキレイで、鉱石が採れる名産地でもあるんだ。僕の生まれ故郷さ」

「ルクスの生まれ故郷……」

「いつか君も連れていけるといいんだけどね」

ルクスはそう言うと立ち上がり、そのまま店を後にした。

「買わないの？」

「ちょっと故郷のことを思い出して懐かしくなっただけだから」

目を伏せるルクスの表情は、どこか寂しそうに見えた。

彼も本当は、故郷に帰りたいのかもしれない。

もしルクスが私を助けずに首を刎《は》ねていたら、今頃は故郷に帰って家族と暮らしていたはずだ。英雄として讃《たた》えられ、穏やかで平和な日々を過ごしていただろう。

でも、そうはならなかった。彼は哀れな魔王を見捨てられずにいる。

戦争が終わった今、そこまでする価値なんて私にはないはずなのに。

本当にこのまま、ルクスと一緒に居ていいんだろうか。

心に立ち込めた靄《もや》を拭えないまま陽が傾いてきた。空が茜色《あかねいろ》に染まり、夜の訪れが近づく。祭りも佳境に入ったらしく、王都はより一層の賑わいを見せていた。

すると、ルクスが高台へと繋《つな》がる階段を指さした。

「こっちに来て。君に見せたいものがあるんだ」

案内された先は王都を一望できる場所だった。辺りには私たちと同じように山際に沈む夕日を眺める人たちがいる。王都でも人気の場所なのだろう。

「見せたいものってこの景色？」

「それもあるけどね。他にもあるんだ」

「他にも？」

「すぐ分かるよ」

ルクスはリラックスした様子で手すりに体を預けている。私は彼の隣に立ち、王都の街を見下ろした。祭りの喧騒《けんそう》がどこか遠く、街を照らすランプが幻想的なオレンジの光を放っている。

初めて見る光景のはずなのにどこか懐かしい感じがした。魔族は魔法で街を照らすから、こうした自然な景色は人間ならではのものだ。

「最初、魔王がどんな存在なのか予想できなかった」

ルクスがポツリと溢《こぼ》すように話し出す。

「たった一人で国一つ滅ぼせる魔族の神だと聞いていたからね。地獄の化身のような存在じゃないかと思ってたんだ。だから君を見た時、本当に驚いた」

「私がまだ若かったから？」

「外見や年齢もそうだけれど、それより君の心に驚いた」

「心？」

「確かに君の中にはとても強い力がある。けど心は普通の女の子だった。そして君はずっと、怒りや憎しみを一人で背負おうとしていた。魔王と言うにはあまりにも繊細で優しい心の持ち主だと思った」

「私はただ……諦めていただけだよ」

一人で背負おうとしていたなんていうのは、ルクスの過大評価だ。

私は何もできない己の無力さを呪い、人間に恨まれることを受け入れ、ただ利用されるだけの人形になっただけなのだから。

しかし彼は「いや」と私の言葉を否定する。

「君は背負おうとしていたよ。そして背負った重荷と共に消えようとした」

「でもあなたは受け入れなかった」

「許せなかったんだ。君が一人で死んでしまうことが。悲しい笑みを僕に刻んだまま、いなくなってしまうことが」

「じゃあルクスは、私を断罪するつもりで生かしたの？」

「最初はそのつもりだった。……でも、今は違う」

「えっ？」

どういう意味だろう。私が尋ねようとしたその時——

大きな火の花が空に打ち上がった。

何発も、何発も、炎でできた巨大な花が天に咲き誇る。弾《はじ》ける度に音が体にぶつかり、骨まで響いた。辺りにいる人間たちが、次々に歓声を上げる。

星が瞬《またた》き始めた藍色の空に咲く色とりどりの花は、息を呑《の》むほど幻想的で美しかった。

「綺麗。これは魔法……じゃないよね」

「花火だよ。火薬を使って作るんだ。これを君に見せたかった」

ルクスは私を見つめる。

「確かに魔族の侵攻によって多くの人が死んだ。でも、死んだのは人間だけじゃない。争いを望まない魔族の街を略奪した人間もたくさんいたんだよ。人間も魔族も戦争で苦しんだ。そして君もその一人だった。君を憎む人はいるかもしれない。けれど、受け入れる人もいるはずだ。だから君には、生きていてほしいと思った」

「ルクス……」

「ヤミ。手を出して」

言われるがまま手を差し出すと、彼は自分の手から外した指輪を私の右手の薬指に嵌《は》めた。指輪には夜空のように深い青色の鉱石が輝いている。

「僕が街を出る時に弟が作ってくれたものだ。迷った時に導いてくれる力がある。これを君に渡したい。この指輪は僕を何度も助けてくれたから、きっと君も助けてくれる」

「どうしてこれを私に……？」

「魔王は死んだ。だから君にはもう苦しみのない、ヤミとしての幸せを見つけてほしい」

ルクスが故郷に帰らず私と一緒にいてくれたのは、憐憫《れんびん》でも復讐《ふくしゅう》でもなく、私を幸せに導きたかったからなのかもしれない。

「ルクス、ありがとう」

花火の輝きが、ルクスの優しい笑みを照らし出す。

その笑顔が、私には光に思えた。

真っ暗な場所に不意に射《さ》し込んだ、陽だまりのような温かな光。

この光を失いたくないと心から思った。

ずっとこのまま二人で過ごしていければ良《い》い。

ルクスといればきっと、幸せになれる。

そう思っていた。

ルクスが倒れたのは、それから二週間後のことだった。


異変は突然だった。

「おはよう、ルクス」

「おはようヤミ……」

朝、いつものようにリビングに立つルクスを見て驚いた。彼の顔色は真っ青で、目の下には酷《ひど》い隈《くま》が浮かんでいた。昨日までは元気そうだったのに、生気が失われている。

「大丈夫？　体調悪そうだけれど」

「これくらいどうってことないさ……」

ルクスは弱々しい笑みを浮かべると、フラフラとした足取りで自室へと向かった。部屋の中に入った後すぐに大きな物音がして、私は慌てて彼の部屋へと飛び込む。

床に倒れ込んだルクスの姿がそこにあった。

「ルクス！」

そこから、ルクスは目に見えて衰弱していった。

体調は日に日に悪化し、一週間もしないうちにベッドの上から動けなくなった。

「私、医者を呼んでくる」

「ダメだ……。ここを離れてはいけない」

ルクスは私の手を掴《つか》む。だがその力はあまりに弱く、かつて魔王城で掴まれた時とは比べ物にならなかった。

「でも、このままじゃルクスが……」

「良いんだ」

ルクスは切実な表情で私を見つめる。

「傍《そば》にいてほしい」

私は、彼の願いを無視することができなかった。

ルクスは医者を呼ぶことを頑《かたく》なに拒んだ。

それはまるで、最初から治らないことを知っているかのようでもあった。

私は彼のために付きっきりで看病をした。けれど、彼の容態が良くなることはなかった。

祈るように彼の手を握っても、まるで氷のように冷たくて。

刻一刻と、彼が死に向かっていることだけが分かった。

その日、私はルクスのすぐ傍で目を覚ました。

眼《め》の前《まえ》にはベッドに横たわるルクスの姿があり、自分が看病中に疲れてそのまま寝てしまったらしいと気がつく。

穏やかな朝だった。森から聞こえる自然の歌声が緩やかに時の流れを告げている。窓からは温かな日が射し込んでいた。

「ヤミ、おはよう」

ルクスは息も絶え絶えに言葉を紡ぐ。頬がこけ、体はやせ細り、かつての面影はすっかり消えてしまっていた。その姿を見て泣きそうになったが、無理やり笑顔でごまかす。

「今、御飯作るね。何が食べたい？」

「すまない、ヤミ」

私の言葉には答えず、ルクスは言葉を紡ぐ。

「傍にいるって言ったのに、君を一人にしてしまう……」

それは話しかけるというよりは、独り言を呟《つぶや》いているように見えた。

「変なこと言わないで。きっと良くなるから」

「君と過ごした時間は、まるで夢のようだった……」

「ルクス、喋《しゃべ》っちゃダメ」

ルクスの視線は遠く、ここではないどこかを見つめているようだった。

「長い長い争いの先でようやく平穏を感じられた。君と過ごす日々は、きっと女神様からの贈り物だったんだ」

ルクスは穏やかに目を細めた。

「ヤミ、僕は君のことが好きだった」

「好き……？」

「君と一緒にいると、不思議と心が落ち着いた。君が笑うと安心できたんだ。静かに癒されるようだった。それは、君が僕に与えてくれたものだ」

「そんなの、私も同じだよ……」

ルクスは力の入らない両手で、私の手をそっと包み込んだ。氷のように冷たくなってしまった彼の手にはもう、ほとんど血が通っていない。

「ヤミ、君を愛せて良かった……」

そして彼は目を閉じ、はっきりと言った。

「生きろ」

それきり、彼が再び目を開くことは無かった。呼吸で上下していた胸は動かなくなり、腕の力が抜け落ちている。穏やかな眠りについたようにも見えた。

「ルクス？」

声をかけるも、返事はない。

「起きてよルクス。ねぇ、もう一度私の名前を呼んで」

しかし、言葉は静かに空間へ溶けた。

「嫌だよ。お願い、目を覚まして……」

私は何度も懇願するように呟いた。

「私を一人にしないで……」

生まれて今まで、ずっと諦めて生きてきた。辛《つら》いことがあっても、何も考えずにいれば受け止められると思っていた。父が死んだ時だって、悲しかったけど涙は流れなかった。

もう、何があっても平気だと思っていたのに。

私の瞳からは、壊れたように涙が溢《あふ》れ続けた。

世界は私からルクスまで奪ってしまった。

ルクスの遺体を見つめたまま、私はその場に三日三晩座り続けた。

徐々に腐敗が始まったのを見て、私はようやく彼の遺体を焼くことを決心した。

誰も来ない山奥で、私は炎の魔法を用いてルクスの遺体を焼いた。抜け殻のようになった私は、灰になっていく彼をただ漠然と眺めた。

すべてが終わった時、私の下にはルクスの骨と、ルクスの指輪だけが残った。私は残された彼の骨を壺《つぼ》に入れ、そこに蓋をした。

胸に大きな穴が空いたようだった。

自分の中から大切な何かが消えてしまって、それがルクスだったのだと悟る。

「……何をするんだっけ」

自分が何のために生きているのか、既に分からなくなっていた。

苦しい。どうしようもなく胸が痛かった。心と体が締め付けられるようだ。この胸の穴はもう、二度と塞がらないような気がする。

「そうか、死ねば良いんだ……」

不意に、そのようなことを思いついた。

ルクスと生きることだけが、私の最後の生きる意味だった。生きる意味を失った今、私がこの世界にいる理由は無い。それなら、さっさと死んでしまえば良い。

本来ならばこの命は勇者の手によって奪われるはずだった。

私が死んでも、あるべき形に戻るだけだ。

キッチンにあるナイフを手に取り、喉元に突きつけた。後は思い切り喉を突けば、私は死ぬだろう。簡単なことだ。

いくら私が魔王といえども、魔法で保護もせずに致命傷を受ければ簡単に死ぬ。

「ルクス……今、会いに行くね」

ナイフを刺そうとしたその時。

『生きろ』

ルクスの言葉が脳裏に蘇《よみがえ》った。

彼が死ぬ前に遺《のこ》した、最期の言葉が。

私は手に持っていたナイフをその場に置く。

「……死ねない」

それは呪いだった。勇者ルクスが魔王ヤミに遺した最大の呪い。

皮肉にも、その呪いだけが私にとって唯一の生きる意味となった。

一瞬だけ手元で何かが輝いた気がした。ルクスの指輪だった。指輪に嵌《は》められた鉱石が光に反射したらしい。

「そういえばこの指輪、ルクスの弟が作ったって言ってたっけ」

ルクスは私のせいで故郷に帰れなかった。

なら、せめて遺骨だけでも帰らせてあげるべきじゃないだろうか。

私は立ち上がると、ルクスの骨壺《こつつぼ》を持って山小屋を出た。

ルクスを故郷に送り届けることが、私に残された唯一の目標となった。

ルクスの故郷であるトリトの街は、王都リディアより更に三日ほど南へ下った場所にあるらしい。

馬車を乗り継ぎ、山を越えて更に平原を進み。

いくつかの村を経由した後、ようやくたどり着くことができた。

「ここが、ルクスの生まれた街……」

王都ほど大都市ではないものの、市場が開かれ、活気があり、農地や牧場も存在している。自然と調和した住みやすそうな街だと思った。田舎と都会が一緒になったような独特な雰囲気が漂っている。

王都に行った時のように、魔法で人間の姿に外見を変えて街に入った。街の外から来る人間は珍しくないのか、悪目立ちしている様子はない。

この街のどこかに、ルクスの実家というアクセサリ工房があるのだろう。ルクスの話では、弟が職人として店を切り盛りしているとのことだった。

街自体が広く、見て回るだけでも骨が折れる。一通り街を巡ったが、件《くだん》の店を見つけることはできなかった。足が疲れたので近くの広場で少し休むことにする。

商売をしていたり、誰かが歌っていたり、子供たちが遊んでいたり。

まるで戦争なんて無かったかのように、街は平穏そのものだった。

ルクスはこの街の光景を守ろうとして戦争に身を投じたのだろうか。

「ルクスの家はどこなんだろう……」

失敗した。アクセサリ工房くらいすぐに見つかると思っていたけれど、この広大な街からたった一軒の店を見つけるのはかなり難しいことなのだと今更実感する。

とはいえ、戦争を終結に導いた勇者の実家だ。本来なら街の人に聞けばすぐに見つかるのだろう。でも、あまり目立ちたくなくてどうしても躊躇《ちゅうちょ》してしまう。

「あの、大丈夫ですか？」

噴水の前で座っていると声をかけられた。

顔を上げると、青い瞳の青年が心配そうな顔で私の前に立っている。金色の短髪が印象的な、優しそうな人だ。私と同年代か、少し上かもしれない。

私が困惑していると彼は頰を掻《か》いた。

「ごめんなさい。困っているように見えたので気になってしまって」

青年は困ったように笑みを浮かべる。その笑顔に、一瞬ルクスの姿が重なった。

「ルクス……」

思わずその名前を口にしてしまう。髪型が違っていたから気が付かなかったけれど、よく見たら彼はかなりルクスに似ていた。

すると青年は「えっ？」と驚いたように目を丸くした。

「もしかして、兄に何かご用ですか？」

「兄？」

彼は頷《うなず》く。

「勇者ルクスは、僕の兄ですから」

青年に案内されたのは、市場の奥にある小さな店だった。看板は出ているもののあまり目立っていない。店の前は一度通っていたのだが、見落としてしまったらしい。

『ルーステン』……」

看板に書かれた文字を読み上げる。聞いたことがない言葉だ。どういう意味だろう。

「すみません。汚いですけど、気にしないでください」

青年がドアを開くとカランカランとカウベルが鳴り響いた。

中に入ると店内の色んなところにホコリが目立った。清掃が行き届いていないのだろう。ただ、店に飾られている商品や棚は綺麗《きれい》にされているから、最低限のメンテナンスはしているらしい。

指輪やブローチ、ブレスレットにネックレス。色んなアクセサリが飾られており、それぞれ違う色の鉱石が装飾に用いられていた。どれも精巧なデザインのものばかりで、かなり丁寧な仕事であることが素人目でも分かる。思わず魅了された。

「これ、全部あなたが作ったの？」

「はい。この工房は僕が一人で切り盛りしているんで」

両親はいないのだろうか。そういえば、ルクスから弟以外の家族の話は聞いたことがない。いや、それ以前にそもそもルクスの素性を私はあまり知らないのだ。私が知っているルクスの姿は、ほんの一部でしかない。

「カウンターの奥にリビングがあるんで、どうぞ入ってください。今、お茶淹《い》れますね」

「気を遣わなくてもいい。長居はしないから」

リビングのテーブルを挟み、青年と向かい合って座る。

「それで、兄に用というのは？」

どう切り出したものか分からず、しばらく考える。

青年は私が話すまで黙って待ってくれていた。

「私がここを訪ねたのは、あなたに会いに来たの」

「僕に？」

私はルクスの骨壺を机に置く。彼は最初、それが何か分からないでいるようだった。

「これは……？」

「ルクスの遺骨」

私が言うと彼は一瞬目を見開き、静かに息を呑《の》んだ。

「私は、勇者ルクスの遺骨をあなたに届けに来た」

しばらく沈黙があった。どこか遠くで時計の秒針の音が聞こえてくる。

「兄は……死んだんですか」

私が首肯すると、彼はやがて諦めたように視線を落とした。気落ちはしているが、狼狽《ろうばい》している様子はない。どこか納得しているようにも見えた。まるで、兄の死を悟っていたかのように。

「ルクスは私の命を救ってくれた。それがきっかけで、一緒に暮らしていたの」

なるべく嘘《うそ》にならないように、私は慎重に言葉を紡ぐ。

「……兄は最期、どうなりましたか」

「病死……だと思う。急に弱り始めて、動けなくなった」

「苦しみましたか」

「分からない……」

私は、死に際のルクスの顔を思い出す。

「でも、最期は笑ってた」

「そうですか……」

私の言葉を咀嚼《そしゃく》するように、彼は小刻みに何度も首肯した。

「変だと思ったんです。戦争が終わったのに便りの一つもなかったから。てっきり王都で英雄として奉られているんだと思っていました」

泣きそうになるのを堪《こら》えるためか、青年は寂しそうな笑みを浮かべる。その仕草が、記憶の中のルクスとよく似ていて、私の胸に空いた穴が痛んだ。

苦しくなって、私は気付かれないように静かに深呼吸した。

「どうしてあなたは笑顔でいられるの。大切な家族が死んだのに」

「辛《つら》くないわけじゃないです。兄が戦争に出てから一度も会っていないので、実感がまだ湧いていないだけだと思います。それに、兄は昔から自分の信じたことを貫き通す人でしたから。兄が戦地に出た時、こうなることは覚悟していました」

青年はゆっくりと顔を上げ、まっすぐ私に目を向ける。

「長い戦いを終わらせて笑顔で死ねたなら、兄はきっと幸せだったと思うんです」

「幸せ……？　ルクスが？」

「はい。兄はきっと、あなたとの生活に幸せを感じていたんじゃないでしょうか。それに、その指輪……」

彼は私の指に嵌められたルクスの指輪を指し示す。

「僕が兄さんにあげたアイオライトの指輪です」

「アイオライト？」

「その指輪に用いられてる鉱石の名前ですよ」

「ルクスが私にくれたの。あなたに作ってもらったって嬉《うれ》しそうに話してた。これもあなたに返さないと……」

指輪を取ろうと右手の薬指に手をやる。しかし何故《なぜ》か外すことができなかった。嵌める時はあれほどスムーズに嵌《はま》ったのに、全く動かない。サイズがきついわけでもないのに、どうしてだろうか。

私が指輪と格闘していると「大丈夫ですよ」と青年が言った。

「その指輪を兄さんがあなたに渡したことには、理由がある気がしますから」

「理由？」

「アイオライトが持つ意味を知っていますか？」

「鉱石の意味は知らないけど、迷った時に導いてくれる指輪だってルクスは言ってた……」

「はい。アイオライトが持つ意味は『人生の道標』。迷った時に進むべき道を指し示してくれる鉱石なんです。兄さんはきっと自分がいなくなった後、この石があなたを導くことを願ったのかもしれません」

「ルクスが……願った？」

私は指輪を見つめる。指輪に嵌《はま》った青い鉱石は美しく輝いて見えた。

『魔王は死んだ。だから君にはもう苦しみのない、ヤミとしての幸せを見つけてほしい』

ルクスの言葉が思い浮かぶ。

彼は私の幸せを願ってこの指輪を渡したのだろうか。でもそれはもう叶《かな》わない願いだ。

ルクスが死んだ今、私が幸せになることはなくなった。彼のいない世界で生きる私は、これから孤独の中で罪に苛《さいな》まれ続ける。

私は、自分だけが生き残ったことに負い目を感じていた。

死ぬべきは魔王であり、生き残るのは勇者であるべきだった。なのに結果は逆になっている。現実は上手《うま》くいかない。

私が自分の幸せを見つけることなんてできるわけがない。

指輪を見つめながら考えていると、ルクスの弟は深々と頭を下げた。

「兄と一緒に居てくれて、本当にありがとうございます」

「……やめて」

思わずそう言った。手を握りしめると、爪がぐっと食い込む。

「誰かに感謝される筋合いはない」

私のせいで戦争は激化し多くの人が死んだ。

私と暮らしていたからルクスは病院にも行けず死んでしまった。

私がいたから、みんな不幸になった。

「私は誰かに幸せを願われるべきではない存在なの」

「それは、どういう……？」

青年の疑問を無視し、私は立ち上がる。もう用事は済んだ。早く立ち去ろう。

「もう行かないと」

「せっかく来たんだから、もう少しゆっくりしていってください」

「大丈夫、気にしないで」

足早に店の入口へ向かう。ドアに手をかけて外に出ようとすると──

「あの、お名前だけでも教えてもらえませんか」

背後から、彼がそう声をかけてきた。

一瞬自分の名前を告げるべきか逡巡《しゅんじゅん》する。魔王の名を知るものは魔族ですらほとんどいない。勇者の弟とはいえ、彼が魔王の名を知ることはまずないだろう。どうせもう会うこともないのだ。名前くらい教えても問題ない。

私は立ち止まり、少し考えた後「ヤミ」と答えた。

「私の名前はヤミ」

「僕はルクスの弟のレイです。ヤミさん、また良かったらいつでもここに来てください」

「……さようなら、レイ」

私は彼を振り切るように、店の外へ出た。

店を出て街の外へ向かう。どこか遠く、誰も居ない場所に行くつもりだった。人間も魔族もいない場所で生涯孤独に暮らせば良い。それが魔王にふさわしい末路だ。

市場を抜けて、広場を通り過ぎた。この道を真っすぐ行けば、街から離れることができる。私は足早に道を歩き、街の外へ出た。

「……あれ？」

しばらく歩いて気がつくと、私はトリトの街の入口に立っていた。おかしい。さっき確かに街の外に出たはずなのに。疲れて歩く道を間違えたのだろうか。

踵《きびす》を返《かえ》し、再び平原を目指す。今度こそ街の外に出られるはずだ。

しかし数分もしないうちに、私は再びトリトの街の入口に立っていた。

仕方なく今度は平原の向こう側に見える大きな木を目指すことにした。目標物があれば道を誤ることはない。

すると、不思議なことが起こった。徐々に木が視界から外れていくのだ。方向を修正してもすぐに見失い、気がついたらいつもトリトの街へ向かっている。

まるで磁石に引っ張られるように、自分がトリトの街を中心に緩やかな弧を描いて歩いていた。体が無意識に引っ張られる感覚がして、街から離れようとすると全身に違和感が生じる。

何度やっても街から離れられない。そうこうしている間に陽が沈み始めてしまった。このままでは夜になってしまう。

「……困った」

呟《つぶや》くと同時に、ふと考えを改めてみる。街から出られないなら、どこに体が引き寄せられているのか確かめてみるのはどうだろう。何か原因があるのかもしれない。この奇妙な現象の正体を知らなければ。

自分の身体《からだ》の感覚に身を任せて歩き、やがて私はその場所へたどり着いた。

「どうして……」

私の眼の前にあったのは、勇者の弟——レイが営むあのアクセサリ工房だった。

この店の前に来ると体に走っていた違和感がピタリと止《や》む。間違いなく、私はこの店に引き寄せられていた。

レイに何か魔法でもかけられたのだろうか。この街に来てから、私に接触をしてきた人物は彼だけだ。

そこまで考えて首を振る。いや、レイからは魔力の気配がまるで感じられなかった。魔王である私に気付かれず魔法を使うのは優れた魔族ですら難しい。レイのはずがない。

店の看板の前で一人思案していると、気配を察したのか店のドアが開いた。

身を隠す間もなく、レイが中から顔を出す。

「あれ、お客さんかと思ったら……ヤミさん？」

私を見たレイは心から驚いていた。先程のこともあり、バツが悪い。

「どうかしましたか？　ひょっとして、忘れ物とか？」

「街を出ようと思ったんだけど……出られなくなってしまって」

「街から出られない？」

「何度やっても戻って来てしまうの」

何があったのかをかいつまんで説明する。こんなことを話しても信じてもらえるか分からなかったが、他に相談できる人もいない。

私が話す間、レイは真剣な顔で耳を傾けてくれていた。

「それは……困りましたね。でもどうして僕の店に？」

「分からない。このお店に何か魔法が作用するような、呪術的な物は置いてたりしない？」

「鉱石は置いてますけど、街から出られなくなるなんて聞いたことありませんし……弱ったな」

レイはポリポリと頬を掻《か》き、ふと空を見上げる。宵色の空には既に星が瞬《また》いていた。

「もう暗くなりますし、一旦中に入りませんか？」

「でも……」

「良《い》いですから」

半ば押し切られる形で、私は再び店の中へと入った。

先程逃げるように去った場所にまた戻ってくるのは心理的な抵抗がある。だが、今はこの小さな建物が妙に安心できた。

リビングに通され、椅子に座って俯《うつむ》いていると良い香りがしてきた。キッチンで料理をしていたようだ。グツグツと鍋が煮える音がする。

「少し待っていてください。ちょうど夕食を作っていたんです」

「私はいいのに……」

「今日一日疲れたでしょう。作りすぎちゃったんで、食べていってください」

突然兄の遺骨を持ってきた怪しい女に何の疑いもなく食事を振る舞おうだなんて。どうやら彼はルクス以上のお人好《ひとよ》しらしい。

「どうしてそんなに親切にしてくれるの？　さっきあんな態度を取ったのに……」

「あなたとゆっくり話がしたかったので。兄が出て行ったのは今から三年前で、その間の兄のことを僕はまるで知らないんです。だから、兄の話を聞かせてください」

彼は私の眼《め》の前《まえ》にパンとスープを置いた。細かく刻んだ野菜を牛乳で煮込んだものらしい。豪勢なものではないが、今の私にとってはごちそうに見えた。

「食べてください。歩き通しでお腹《なか》も減ってるでしょう」

並べられた食事に手を付けるべきかどうか迷う。しかし、極限状態の空腹に耐えきれずお腹から情けない音が鳴り響いた。思わず顔が熱くなる。こんな状態でも羞恥心はあるらしい。

そんな私をレイは馬鹿にすることなく、優しい瞳で見つめていた。

「……いただきます」

パンをちぎってスープに浸し、口にいれる。麦の甘さと香りがいっぱいに広がって、二口、三口と手が伸びた。温かいスープが体に染み渡り、胃の緊張を解きほぐす。

私の体は自分が思った以上に疲弊し、枯渇していた。考えてみれば、ルクスが死んでからほとんど食事をしていなかった。

食べていると何故だか涙が溢《あふ》れ出《で》てきた。

止めることができず、涙がポロポロとこぼれ落ちる。

「辛《つら》かったですね。ゆっくり食べて」

辛い？　そうか。私はずっと辛かったのか。

たった一人の支えすら失って、どこにも行き場が無くて、ただルクスの死を報《しら》せるためだけにここまで歩いてきた。冷えた心は痛みすらも鈍らせ、いつの間にか心についた多くの傷にすら気づくことも無かった。

こうして誰かに優しくされて、話を聞いてもらって、温かいものを食べて。

私は初めて自分が傷ついていたことを知った。

あれだけ死を願ったのに、お腹はすくし、涙は流れてくる。

私は今、どうしようもなく生きているのだ。

「ねぇ、ヤミさん。もし行く当てがないのなら、しばらくここに住んでみませんか？」

「ここに、住む……？」

思わぬ言葉に顔を上げると、レイは「はい」と頷《うなず》いた。

「この店の名前は見ましたか？」

「看板に『ルーステン』って書いてあった……」

「あれは、光の女神『ルース』の名前をもじっているんです。世界へ最初に光を渡してくれた女神様みたいに、この店のアクセサリがその人にふさわしい輝きを渡せるようにって」

「ふさわしい輝き……」

「今日、ヤミさんがこの店に来たことにも、何か意味があると思うんです。ひょっとしたら、ヤミさんにふさわしい光を灯《とも》すために、アイオライトの指輪が導いてくれたのかもしれません。だから僕は、あなたがこの街に来た意味を知りたい。そしてあなたにも、知って欲しいと思っています。あなたが、どんな光を受け取るのか」

光……魔族の王である私には縁遠い言葉に思えた。

でも、ルクスが死んで一人ぼっちになった時、このルクスの故郷だけが私の真っ暗な心を僅かに照らした灯火《ともしび》となった。

この店は――『ルーステン』は、私にとって光となる場所なのかもしれない。

「本当に……良いの？」

宿を取るお金もない私にとっては願ってもない提案だ。「もちろん」と彼は頷く。

「僕も長い間一人で暮らしていたので、ヤミさんが居てくれた方が嬉《うれ》しいです」

穏やかな笑みを浮かべるレイの顔が、ルクスと重なった。

胸に空いた穴が痛む。

でもその痛みが、消えかかった心の灯火を蘇《よみがえ》らせる気がした。

「ありがとう、レイ」

私がどうしてこの街から出られないのかは分からない。

ただ、この街に来たことに意味があるのだとしたら、知りたいと思った。

私が何のためにここに来て、そして何故《なぜ》今も生きているのか。

これが行き場をなくした魔王の私と、勇者の弟レイとの出会いだった。

第2話　最後のイヤリング

朝、小鳥の鳴き声がして目が覚めた。

「ここは……」

寝ぼけ眼で記憶をたどり、思い出す。私はルクスの故郷であるトリトの街へやってきたのだ。ルクスの弟レイと出会い、彼の店に置いてもらうことになった。

昨日は食事をしてすぐに眠ってしまったらしい。疲れが出たのだろう。

「……いい匂い」

どこからか香ばしい香りがする。焼けたパンの匂いだ。恐る恐る部屋のドアを開くと、木造の細長い廊下が視界に広がった。窓から光が射《さ》し込んでおり、比較的明るい。廊下の奥を曲がると、一階へ繋《つな》がる階段が視界に入る。

階段を下りると金髪の男性が朝食の準備をしていた。

「あ、おはようございます、ヤミさん」

私を見つけ、ルクスはニコリと笑みを浮かべる。

「ルクス……？」

驚いて息を呑《の》む私を見て、彼が首を傾《かし》げた。それと同時にルクスの幻影が消え、目の前に立っているのがルクスの弟のレイだと気付かされる。

「どうかしました？」

「……何でもない」

私はごまかすように視線を逸らした。

「昨日は良く眠れましたか？」

「うん。おかげさまで」

「お疲れみたいでしたから、休めて良かったです」

彼の話し方がどうにもこそばゆくて、思わず「レイ」と声をかけた。

「私には敬語じゃなくて良い。ヤミって呼んでくれて構わない」

「そう……ですか？」

私の言葉に彼は一瞬ためらったあと──

「じゃあ分かったよ、ヤミ」

と、どこか嬉しそうな笑みを浮かべた。

朝食は昨日食べたスープの残りと、焼き立てのパンだった。外側がザクザクしていて、割ると小麦の焼けた香ばしい匂いとともに湯気が立ち込める。昨日食べたものよりフワフワしていて、嚙《か》むと甘みが広がった。

「美味《おい》しい。スープも昨日よりずっと野菜の甘みが出てる」

「そんなに幸せそうに食べてくれると、準備した甲斐《かい》があったよ」

「このパンは焼いたの？」

チラリとキッチンに目をやる。オーブンがあるようには見えなかった。

「この時間は近所で焼き立てのパンが買えるんだ」

どうやらわざわざ買ってきてくれたらしい。「ありがとう」と私はお礼を言った。

食事する間、レイはこの街について簡単に教えてくれた。

トリトは鉱石が主要な特産品で、領主の名はハウザーというらしい。行商人や旅人も多く、余所者《よそもの》をすぐに受け入れる気風があるようだ。

昨日私が街を歩き回っても目立たなかったことに、何となく合点《がてん》がいく。

「食事が終わったら家の中を案内するよ。どんなものがあるか把握しておいてもらった方がいいから」

食事を終え、レイと共に家の中を見て回る。

レイの店『ルーステン』は彫金加工の工房で、そこに付随する形でアクセサリの販売を行っているらしい。リビングのドアを抜けるとそのまま工房に入り、カウンターを挟んでアクセサリを販売する店舗スペースへと繋がる。

工房にあるのは小さなランプ付きの作業台に、鉄製のハサミやヤスリに木槌《きづち》などの工具類、鉱石や貴金属を保管するための鍵付きの金庫だ。魔族は大半を魔法で片付けてしまうため、これほど多くの種類の工具を目にしたのは初めてだった。

棚を眺めていると、用途の分からない薬剤が目に入る。

「この液体は？」

「酸だよ。溶かした銀の汚れを洗うのに使うんだ。危ないから、触っちゃダメだよ」

他にもハンドルがついた機械仕掛けのローラーや、小さな炉もあった。炉には火がくべられておらず、真っ赤な石が置かれている。

よく見ると、石からは魔力の気配がした。魔鉱石らしい。鉱石の一種だが、魔力濃度が高いため魔法術式を刻めば魔法と同じ効果を発揮させることができる代物だ。装飾品に用いるような美しさはないから、こうした形で使われるのだろう。

「どうしてこんなところに炉があるの？」

「それで金属を溶かしたり、温めたりするんだ。成形やロウ付けをするのに使うんだよ」

「この赤い鉱石は？」

「火の魔法が刻まれた魔鉱石だよ。それが高熱を発して、銀加工や錫《すず》を溶かすのに役立ってくれる。街に来る魔導師から買うんだ」

魔族は日常的に魔法を使うけれど、人間はそうじゃない。だからこうして魔法を使える術者が街を回って、魔法に関する様々な日用品を売っているらしい。独特な文化だ。

他にも収納や屋内への光の取り入れ方など、レイの家には魔族の生活には見られない細かな工夫がされていた。

一階は店と工房の他に、リビングとキッチン、洗い場や手洗いなどの水回り。

二階はレイの部屋と、私が泊まった部屋。

浴室などはなく、代わりに大衆浴場などを利用しているらしい。

「私が泊まった部屋ってもしかして……」

「うん。元々兄さんの部屋だったんだ」

部屋の中に私物らしき本が置かれているのは知っていた。きっと、かつてルクスが集めたものなのだろう。後で見てみようと思う。

一通り回った時、二階にまだ入っていない部屋があるのに気が付いた。

「あの部屋は入っても良《い》いの？」

「いいけど、結構汚れてるから気をつけてね」

ドアを開くと予想通りホコリが舞う。思わず口元を手で押さえた。

今はもう使っていない寝室のようだった。大きなベッドの他に、家具や道具類が物置のように置かれている。

「ここは父さんと母さんの部屋だったんだ」

私の疑問に答えるようにレイが言う。どうやらこの店は両親から引き継いだものらしい。

「レイのお父さんとお母さんって、今はどこにいるの」

「死んだんだ。五年前、戦争に巻き込まれて」

その言葉にハッとした。

「もしかして、ルクスが戦争に出たのは両親の仇《かたき》を取るため？」

「それもあると思う。でも『これ以上大切な人を失いたくない』って言ってたから。兄さんは、僕や、街の人を守ろうとしてくれたんだと思うよ」

もし私が魔王として戦争を止められていたなら、ルクスとレイの両親は死ななかったはずだ。きっと、ルクスが戦争に身を投ずることもなかった。

「私がいなければ、ルクスは故郷で暮らしていけたんだ……」

私がレイを一人ぼっちにしてしまった。

その事実に、鈍器で殴られたかのような衝撃を覚える。

しかし私の様子には気付かず、レイは「何か言った？」と口を開いた。私はごまかすように首を振り、部屋のドアを閉める。

「大体見たかな。何か分からないことはある？」

「ねぇ、レイ。この家、ホコリが多いみたいだけれど……」

昨日店を訪ねた時も、全体的に薄汚れているのが気になったのを思い出す。

「恥ずかしい話なんだけど、実は全然家事に手が回ってなくて。最低限のことしかできてないんだよね」

彼は店のことも、家のことも一人で全部こなしている。

工房でアクセサリを作りながら、接客や店の管理までするのは大変なことのように思えた。材料の仕入れもあるだろうし、手が回らないのは仕方がないのかもしれない。

少しずつ、レイの生活が見えてきた気がする。

「レイ、もし良ければ私が手伝ってもいい？」

「本当⁉」

私が言うと、レイはあからさまに目を輝かせた。

「う、うん……。泊めてもらうお礼に手伝わせてほしい」

「ヤミは家事ができるの？」

「それなりには」

魔王城にいた頃から、自分で身の回りのことはしていた。最低限の家事をこなすのは難しくない。

「じゃあ頼んでもいい？　すごく助かるよ」

「……うん！」

こうして、私の『ルーステン』での生活が始まった。

レイが工房で作業をする間、私が店の手伝いをする。昨日の今日なのでゆっくりしたらどうかと提案されたのだが、頼んで店番に立たせてもらうことにした。

お客さんが来たら私が接客をしなければならないから、心してかからねば。

椅子に座ったまま私が姿勢を正していると、レイが苦笑した。

「ヤミ、あんまり身構えなくても大丈夫だよ」

「でもお客さんが来るかもしれないし……」

「ここは辺境の街だから、そんなに頻繁には来ないよ。それにアクセサリって特別な日に買うものだから、普段はそんなに動きがないんだ」

「そうなの？」

「うん。うちは手頃な値段で売ってるから、普通の人も来てくれるけど、それでも高い買い物には変わりないからさ。賑《にぎ》わうのも記念日とか、特別な時くらいだよ」

「じゃあいつもはどうしてるの？」

「常連さんの特注品を作ったり、アクセサリの修繕を主に受けてるんだ。一日で終わるものもあるけど、時間をかけて取り組むことの方が多いかな」

確かに、ずっと接客に追われていたとしたら職人としての仕事が手につかないはずだ。お客さんが来ない間、レイはずっと受注した商品の製作や修理作業なんかを行っているらしい。

何となく手持ち無沙汰になってしまい、奥で作業するレイを眺める。

レイは真剣な表情で木槌を打っていた。よく見ると、細長い金属棒にシルバーリングを巻き付けて叩《たた》いている。指輪の成形だろうか。

静かな店内に、カンカンとレイが木槌を打つ音が響く。窓からは街を歩く人たちの姿が見え、いつにない平穏を感じた。

昨日まではルクスの死に打ちのめされ、抜け殻のように過ごしていたのに。何だか不思議だなと思う。

「レイ、お店の中を掃除しても大丈夫？」

「助かるよ。商品を汚さないようにだけ気をつけて」

「分かった」

魔法でサッと掃除をしてしまおうと考えて手を止める。そういえば私が魔族であることは内緒だった。仕方がなく、掃除用の布を借りて棚を拭くことにする。

商品棚や机を拭く際、レイが作ったであろうアクセサリが目に入った。色とりどりの鉱石が嵌《は》められた指輪やネックレスには、素人目にも分かるほど見事な装飾が施されている。

魔族は魔法が生活の主体である分、手作業をあまりしない。こうした細かい技巧や技術は人間の方が遥《はる》かに発展しているようだ。

そういえば魔王城にいた時も、人間軍が魔族にはない装備を用いているという話が出ていた。この家を見回っただけでも家具や建築設計などで工夫がされていたし、魔族が魔法に優れている分、技術的な発展は人間の方が進んでいるのかもしれない。

布を濡《ぬ》らして棚を拭き、床に見えるホコリをホウキでかき集めていく。意外と大変な作業だ。

数時間ほどかけてどうにか掃除を終え、一息つく。

「これ、全部ヤミがやったの？」

いつの間にかすぐ側に立っていたレイが、店内を見て目を輝かせていた。

「そうだけど」

「すごい、こんなにキレイになるんだ！　本当にありがとう」

レイは心から喜んでいるようで、お世辞ではないことが分かった。

思いつきで始めたけれど、やってみて良かったなと思う。

「そうだ、今日少し早めに店を閉めて街に出ようか」

「街でどうするの？」

「買い出しだよ」

夕方になり、店を閉めた私たちは市場へと夕食の買い出しに向かった。

　この時間帯の市場は盛況でかなり人通りが多い。道行く人々に呼び込みがかけられ、所狭しとものが行き交っている。新鮮な光景だった。

「すごい人……」

「この時間帯は街中の人が集まるからね」

　市場の店は青果店や精肉店、ベーカリーなど多岐にわたった。置いている野菜や果物はどれも美味《おい》しそうで、新鮮で艶《つや》やかだ。これほど食材が豊かなのは、肥料や農業の技術が発展しているのだろう。そういえば、今朝食べたパンも香りが豊かで柔らかかった。製法でも工夫があるのかもしれない。

「おう、レイ。買い出しかい」

「うん。何かいい食材はあるかな？」

「今日は野菜が採れたてだよ。王都から届いたこのトマトなんかもオススメだ」

「ちょっとちょっと、レイちゃん。うちの店に寄っていきなよ。『勇者割』で安くしておくからさ」

「おばさん、前も同じこと言ってたじゃないか」

「レイ兄ちゃん、今日は良《い》いパンが焼けたから買っていってよ」

「ありがとうオネット。いい匂いだね。あとで寄るよ」

　幼い頃からこの街に住むレイは顔見知りも多いらしい。ちょっと進むごとにすぐ声をかけられている。気さくに接している様子からも、仲が良いのだろう。

レイに声をかけた街の人たちは、私の姿を見ると皆不思議そうに首を傾《かし》げた。

「この人は？」

「ヤミさんだよ。事情があって、うちの店で働いてくれてるんだ」

「へぇ。ヤミちゃん、よろしくな」

「よろしく……」

レイが街の人に私を紹介する度に、どう反応したらよいか分からず困惑する。でも、怒濤《どとう》のように人も話も流れていく市場では、誰も私の態度を気にする人はいなかった。私が何を言おうか迷っている間に次の客の相手をしていたりするので、気にすること自体がおかしいのかもしれない。

この街のざっくばらんな空気は嫌いじゃない。

「どう？　トリトの街市場は」

「賑やかで、活気があって、すごく楽しい」

私が微笑《ほほえ》むと、レイは嬉《うれ》しそうに「喜んでくれて良かった」と言った。

「良い人ばかりでしょ？」

「うん。誰も私のことを気にしないんだね」

「みんな雑だからなぁ。ただ、僕はそれくらいが丁度良いかな」

「そうだね」

トリトの街での暮らしは新鮮で目まぐるしくて。

気がつけば一週間があっという間に過ぎ去っていた。

ルクスと暮らしていた時はあまり感じなかったが、人間の生活は中々不便だ。

料理をする時は火熾《おこ》しが必要だし、水道水が出ない時は井戸まで水を汲《く》みに行かねばならない。魔法を使うわけにもいかないから、最初は少し苦戦した。

ただ一方で、不便な暮らしというものは得られる恩恵も大きいらしい。

炭火で作った料理はよく火が通っており味わい深かったし、井戸水は澄んでいて魔法で生み出した水よりずっと飲みやすかった。魔法のある魔族の暮らしは早くて便利だったけれど、人間の暮らしの方がずっと豊かに感じられたのだ。

また、生活に馴染《なじ》むと共に、『ルーステン』の仕事にも慣れてきた。

何日か過ごして分かったが、レイの言った通りこの店はお客さんがあまり多くない。一日に売れるアクセサリも数えるほどで、冷やかしも多い。魔族という正体を隠して接客の練習をするにはちょうど良かった。

ただ、来客は少なくても注文自体はそれなりにあるらしく、レイはいつも何かしら作業している。店が長年この経営状況でやってこられたのも、腕を認める常連客に支えられているからだろう。

作業中の彼の集中力は凄《すさ》まじく、何度か声をかけないとずっと没頭していることも少なくない。アクセサリを作り上げるのは精密作業だから、無理もないだろう。店の掃除が行き届いていなかったのも、何となく納得できた。

順調に思えていたトリトの生活だったが、トラブルは起きた。

魔法を使っているところをレイに見られたのだ。


「火が点《つ》かない……」

その日、私は夕食の準備のためにかまどに火をくべようとしていた。

いつもはどうにか火を点けられていたのだが、今日は何故《なぜ》か上手《うま》くいかない。火熾しも慣れたと思ったが、まだまだ技術が足りていないと感じる。

こんな時、他の人はどうしているのだろう。レイが仕事で使っているような火の魔鉱石があれば苦戦せずに済むのだが、どうやらあの鉱石は中々高価な代物らしく、気軽に使うことはできないようだ。何度やっても上手く火が点かず、いい加減に疲れてきた時――

「魔法使っちゃおうかな」

ふと、そんな考えが思い浮かんだ。

レイは作業中だし、少しくらい大丈夫だろう。

そっと辺りを窺い、手に魔力を込めて薪に意識を集中する。

数秒も経《た》てば、労せず火が点いてくれた。

「これでよし」

私が一人で頷《うなず》いていると、背後から「えっ？」と声がした。振り返るといつの間にかレイが立っていた。ちょうど私が魔法を使うタイミングで工房から出てきたらしい。

まずい。ばっちり見られてしまった。

「今のってもしかして魔法？　魔法なんて普通の人が使えるはずないのに……」

「えっと……」

どう答えたものかと迷っていると、何故かレイは目をキラキラさせて私の手を取った。

思わぬ彼の行動に、心臓が跳ね上がる。

「すごい！　ヤミは魔導師だったんだね」

想像していなかったリアクションに困惑した。

「魔法を使うには修練がいるって聞いてたから驚いたよ」

「あ……学んだの。私、お城に勤めていたから」

なるべく嘘《うそ》をつかないようにした結果、我ながらよく分からないことを言ってしまった。

「以前、ある領主のお城に住んで家事や魔法を学んでいて……」

「だから魔法が使えるんだね」

嘘になるような、ならないような。ギリギリの案配で話す私をレイは全く疑う様子がない。もっと突っ込まれたらどうしようと思ったけど、彼の配慮からか、それ以上踏み入って聞かれることはなかった。

「あの、レイ。手、放してほしいかも」

「あ、ごめん。感動してつい」

レイが慌てて私の手を放す。私は静かに呼吸を整えた。

「魔法のこと、内緒にしていてごめんなさい。あと、できれば秘密にしておいてほしい」

「もちろん構わないけど、何か事情でもあるの？」

「あまり人に知られたくなくて……」

理由になっていない言葉で私が口ごもると、何かを察したように彼は頷いた。

「分かった。人には話さないようにするね。どうしても話さないとダメな場合は、ヤミに相談するよ」

「ありがとう、そうしてくれると助かる」

ホッと内心胸を撫で下《お》ろし、私は先程握られた手をジッと眺めた。

ルクスの手は大きくてゴツゴツしていて剣士の手だと思ったけれど、レイの手は指先の皮が硬い職人の手だった。

ルクスとレイはよく似ているけれど、歩んできた人生がぜんぜん違うのだと実感する。

「そうだレイ、たまに家事で魔法を使ってもいい？　火が点かない時とか、水が出ない時に魔法を使えると色々楽になるから」

「もちろん大丈夫だよ」

この一件がきっかけで、普段の家事でも魔法を使えることになった。

魔法を使えるようになると、魔族の生活の便利さと、人間の生活の味わい深さを併せて享受できて、得られる恩恵はより大きくなっていく。

お陰で生活はぐっと楽になったけれど、本当にこのまま漠然とこの街で暮らすだけで良いのだろうかという疑問も心の中に生まれていた。

『ヤミさんがこの店に来たことにも、何か意味があると思うんです』

初めてこの街に来た日、レイは私にそう言った。

私がこの街に来た意味って何なのだろう。

その答えを見つけるきっかけは、店を訪れた一人の老人との出会いだった。

いつものようにカウンター周りの整頓をしていると、カランカランというカウベルの音と共に一人の老人が店に入ってきた。

白髪にヒゲを生やし、帽子を被《かぶ》った穏やかそうな人。王都で見た上流階級の人たちのように、きっちりした身なりをしている。

声をかけると、店に入ってきた老人は私を見て首を傾げた。

「はて、ここはレイくんのお店だと思ったが」

「えっと、私は――」

新しく雇われた？　住まわせてもらっている？　どう言うのが正しいのだろう。迷っていると「ヤミ、お客さん？」とレイがリビングから顔を出してくれた。

レイを見た老人はパッと顔を明るくする。

「レイくん、良かった。居たんだね」

「オルフさん、いらっしゃいませ」

「突然訪ねて悪かったね。近くに来たものだから少し顔を見ようと思ったんだが。店番が知らない人だったから驚いてしまって」

「レイ、この人は？」

私がそっとレイの裾を引っ張ると、レイは小さく頷く。

「こちらはオルフさん。父さんの代からの常連さんなんだ。オルフさん、うちで新しく働いてくれているヤミです」

私が頭を下げると、オルフは「そうか」とにこやかな笑みを浮かべた。

「レイくんが人を雇うなんて初めてだね」

「ちょっと事情があって、ここに泊めてもらう代わりにお店のお手伝いをしているの」

「ヤミ、お客さんにはもう少し丁寧にお話ししないと」

「構わないさ。気軽に接しておくれ」

オルフは懐かしむように目を細めた。

「このお店にはずっと前から世話になっていてね。もう二十年以上になるかな」

「そんなに前から……」

私が生まれるよりも前から存在していたのか。古い店だと思っていたが、やはり『ルーステン』は長い歴史を持つ店らしい。

「私はよく妻にアクセサリを贈るんだが、先日もレイくんに一つ依頼をしたんだよ。結婚五十周年記念日に妻に贈るイヤリングをね」

「せっかく来ていただいたのにすみません。ご依頼の品、まだ完成していなくて。もう少しだけ時間がかかりそうなんです」

「構わないさ。記念日には間に合うんだろう？」

「もちろんです」

「ならレイくんの納得する仕上がりを待つよ。多分、今回が最後になるだろうから」

「最後って、どうしてですか？」

レイが尋ねると、オルフの表情に影が落ちた。

「実は、妻のケイトが病になってしまってね。幸いにも無事に回復はしたんだが、薬のせいか、あるいは病気の後遺症か、記憶力に問題が出てしまったんだよ。今ではこの店のことも、私のことも、ろくに覚えてないんだ」

「以前来てくださった時はあんなにお元気だったのに……」

「歳《とし》には勝てないさ。最初はちょっとした物忘れ程度だったんだが、どんどん進行してしまってね。とうとう私のことも忘れてしまった。今じゃ私のことは、世話係か何かだと思っているみたいだ」

「じゃあ、最後っていうのは？」

「医者に言われたんだよ。もうすぐケイトは話すことも難しくなってしまうかもしれないとね。だから、これで最後にしようと思ったんだ」

「そんな……」

「時の流れには逆らえない。この歳まで共に歩めただけでも、奇跡のようなものさ」

オルフは悲しげな笑みを浮かべると、レイの肩をポンと叩《たた》いた。

「イヤリング、よろしく頼んだよ」

「……はい」

オルフが帰るのを見送る。去っていく彼の背中は、何だか小さく見えた。

オルフを見つめるレイの表情は暗い。さっきの話が相当ショックだったのだろう。

「レイ、大丈夫？」

「うん……。ごめん、僕、作業に戻るね」

彼はふらふらと、覚束《おぼつか》ない足取りで工房に戻っていった。ルクスの死を告げた時より狼狽《ろうばい》しているように見える。ルクスのことは元々覚悟していたのだろうけれど、オルフの妻の話は急だったから衝撃が大きかったのかもしれない。

一日が終わり閉店しても、彼の表情は浮かなかった。

「レイ、お店閉めたよ」

「あぁ、うん。ありがとう……」

元気がないというか、心ここにあらずというか。

先程の一件が引っかかっているのは明らかだ。

ずっと椅子に座っていたけれど、作業も進んでいないように見える。

「昼間の人のこと、気になってるの？」

私が尋ねるとレイはギクリとしたあと、「やっぱり分かるよね」と乾いた笑みを浮かべた。

「オルフさんと奥さんのケイトさんはこの街の生まれなんだ。幼馴染《おさななじ》みだっていつか話してくれたのを覚えてる。仲が良い夫婦《い》で、いつも一緒だったな。僕や兄さんにとっては、常連さんというより祖父や祖母に近い人だったから、やっぱりきついなって」

オルフの話を聞いたレイは、自分の家族のことのように心を痛めていた。

「父さんから聞いたけど、この店で一番初めにお得意さんになってくれたのもオルフさんとケイトさんなんだって。何人もお客さんを紹介してくれて、店主が僕になってからもずいぶん助けてもらった」

「恩人なんだね」

「うん。夫婦の大切な日には必ず店にやってきてくれて、クンツァイトを用いた装飾品をオーダーしてくれるんだ」

「クンツァイト？」

「九月の誕生石だよ。ケイトさんの誕生月の鉱石なんだ。ただ、割れやすかったり日光で退色したりするから扱いが難しい鉱石だけどね」

「鉱石にも色々あるんだね」

「よかったら見てみる？」

私が頷くと、レイが奥から木箱を持ってきてくれる。木箱の中は細かく仕切られていて、その中でクンツァイトは柔らかい布に包まれて保存されていた。

クンツァイトは透明度の高い、薄紫色の鉱石だった。豆粒くらいのサイズで、不思議な魅力を感じる。

「キレイ……。これをアクセサリにするの？」

「まだ加工前だけどね。加工をしてくれる腕の良《い》い職人さんがいて、依頼に合わせてサイズをオーダーしてるんだ。僕がやっているのは、アクセサリのデザインと彫金加工、それに石留めかな」

アクセサリの製作に複数の人が関わっているというのは初耳だ。

「鉱石にはどれも特別な意味があるんだ。アクセサリを選ぶ時、人はその石に祈りを込める。僕にできるのは、祈りがしっかり届くよう、鉱石が最大限輝けるようにすることなんだ。愛する人に愛の石の力が、傷ついた友達に癒やしの石の力が届くようにって」

『ルーステン』という店名は、アクセサリを付けた人にふさわしい輝きをもたらすために名付けられたとレイは話していた。レイは両親が込めたその祈りを形にするために、長い研鑽《けんさん》を積み重ねてきたのだろう。

「オルフさんは昔、クンツァイトを使った結婚指輪をケイトさんにプレゼントした。でも、ちょっとした不注意で鉱石が割れてしまって、たまたま修理の依頼を受けたのがうちの店だったんだ。その時、ケイトさんがうちの商品を気に入ってこう言ったそうだよ」

『ねぇ、あなた。このお店のアクセサリで、私たちだけの思い出を作りましょう』

そして夫婦は、特別な記念日に装飾品を買うようになった。

オルフたちの歩みとこの店の歴史は繋《つな》がっている。だから二人との繋がりが消えてしまうことが、レイはショックだったんだ。

「ねぇ、レイ。クンツァイトはどんな意味を持っているの？」

「無償の愛や、無限の愛を象徴する鉱石だよ」

今年でオルフとケイトは七十歳になり、結婚五十周年を迎える。

二人にとって記念すべき年なのに、贈られる相手がもう愛する夫のことを覚えていないのはあまりに悲しいことのような気がした。


イヤリングが完成したのは二週間後だった。

「できた、完成だ」

私が店の掃除をしているとカウンター奥の工房で作業していたレイが立ち上がる。

彼の足取りは酷《ひど》くフラついていて、目の下には隈《くま》が浮かんでいた。ここ最近は特に根を詰めて朝から夜遅くまで緻密な作業をしていたようだから、無理もない。

「完成って、ケイトのイヤリング？」

「うん。ずいぶん時間がかかっちゃったけど」

「見ても良い？」

「もちろん」

私が尋ねると、レイが工房からそれを持ってきてくれた。

上質な布を敷いた盆の上に、二つ一組のイヤリングが置かれている。細く伸ばした銀糸で花が象《かたど》られ、その中心には美しい薄紫色のクンツァイトが輝いていた。研磨された鉱石は光を幾重にも反射し、幻想的な美しさを解き放っている。思わず目を奪われた。

「キレイ……。この花は？」

「チョコレートコスモスだよ。ケイトさんの誕生花なんだ」

「こんなに細かな装飾ができるんだね。まるで魔法みたい」

とは言ったものの、魔法を使ってもこんなに緻密な装飾を施すことはできないだろう。眼《め》の前《まえ》にあるのは、まさしく卓越した職人の技巧だ。

「どうかな、このイヤリング」

「何て言えばいいか分からないけど……すごく素敵だと思う」

「良かった」

そう言ってレイは落ち着いた笑みを浮かべた。ルクスだったらこういう時、子供みたいな笑みを見せただろうけれど、レイはどこまでも大人びている。

話に聞くと、レイは私がトリトの街に来るよりも前からイヤリングを作り続けていたらしい。ケイトのイヤリングが完成するまで、実に二ヶ月以上掛かったと言う。

オーダーされたアクセサリができるのは時間も労力も必要なのだそうだ。

「お店に置かれているものも全部そうなの？」

「今回はオーダーメイドだったけど、基本的には時間がある時に少しずつ作ったものばかりだよ」

この店に置かれた一つ一つのアクセサリにレイの魂が込められているのだと感じた。

「とにかくこれでようやく一仕事終わったよ。工具を出しっぱなしだから片付けてくる。イヤリング、まだ見ててもいいから」

「うん、ありがとう」

レイはカウンターにイヤリングを置いて工房に戻ってしまう。片付けをする彼を横目に、私はイヤリングを眺めた。洗練された技巧の中で輝く鉱石に思わず魅了される。

気づけばイヤリングに手を伸ばしてしまっていた。

ハッとすると同時に、指先が一瞬だけイヤリングに触れてしまう。

「大丈夫かな……」

チラリとレイを気にしながらイヤリングを覗《のぞ》き込んだその時。

イヤリングが突然光に包まれ始めた。仄《ほの》かな紫色の光を放ち、音もなく輝く。

一瞬何が起こっているのか分からず驚いて身を引くと、放たれていた光はすぐに失われ、やがて元に戻った。

「何……今の」

私が触れた途端、イヤリングが輝き始めた。見間違いじゃない。

何かやってしまったのだろうか。恐る恐るイヤリングを覗き込んだが、傷をつけた様子はない。私が混乱していると、レイが工房から声をかけてきた。

「ヤミ、何か物音がしたけど、どうかした？」

「な、何でもない……」

咎《とが》められるのが怖くて、思わず首を横に振ってしまう。

「レイ、このアクセサリに何か仕掛けのようなものを施していたりする？」

「仕掛け？」

「ごめん、何でもない」

何のことか分からないといった様子だった。本当に心当たりがないのだろう。

「イヤリングありがとう。もう片付けてもらっても大丈夫」

「そう？　分かった」

レイはさほど気にすることもなくイヤリングを持って工房へと戻っていく。私はその姿を呆然《ぼうぜん》と見送った。

一体、何が起こったんだろう。

オルフが店に姿を見せたのは、イヤリングが完成した数日後だった。

「レイくん、来たよ」

「オルフさん、いらっしゃいませ」

店のドアが開きオルフが顔を出すと、レイが作業の手を止めて私の隣に立つ。

するとオルフは店の外に向かって誰かに手招きした。

「ケイト、こっちへおいで」

「ちょっと待ってくださいな」

その声と共に、白髪を肩まで伸ばした、老婆が姿を現した。オルフと同じ穏やかそうな印象の人だ。彼女がオルフの妻のケイトらしい。

「あら、とっても素敵なところ」

ケイトは目を輝かせてキョロキョロと店内を見回した後、やがてオルフに目を向けた。

「お手伝いさん、ここは一体どこなのかしら」

「ケイトさん、うちの店には何度も来たことあるじゃないですか。それに、オルフさんをお手伝いさんだなんて……」

思わず声を出したレイの言葉を、そっとオルフが遮った。

「レイくんのアクセサリ工房だよ。私たちの思い出が詰まった大切なお店さ」

店に入って来たケイトは、自分がどこにいるのかもよく分かっていないようだった。

話には聞いていたけれど、実際に目の当たりにすると症状が深刻なのが見て取れる。特にレイの表情は、あからさまに曇っていた。

オルフはわずかな悲しみを瞳に浮かべると、レイに向き直る。

「忙しい中手紙をありがとう」

「いえ……結婚五十周年おめでとうございます。無事に間に合って良かったです」

「それで、例のイヤリングは？」

「今お持ちしますね」

レイは奥の工房から柔らかい厚手の布が敷かれた小箱を手に戻ってきた。箱の中にはチョコレートコスモスを象ったクンツァイトのイヤリングが置かれている。

精巧な装飾を目の当たりにして、オルフとケイトが小さく感嘆の声を漏らした。

「これは……素晴らしい装飾だ」

「何て美しいのかしら」

喜ぶオルフ夫妻に、私とレイはこっそり目配せした。レイの苦労が報われた瞬間だ。

「ケイトさんにつけてあげてください」

「あぁ。ケイト、耳を出してごらん」

オルフは優しくケイトの髪の毛をかき分けると、イヤリングを彼女の耳に丁寧につけた。

鏡に映った自分の顔を見て、ケイトはパッと目を見開く。

「こんな素敵な物を身につけられるだなんて、嬉《うれ》しいわねぇ」

ケイトがうっとりとした顔でイヤリングに触れると、それは起こった。

イヤリングから光が解き放たれたのだ。数日前に私が見たのと同じ、薄紫色の光が。光はイヤリングを通じケイトに伝播《でんぱ》したかと思うと、やがて全身を包むように広がっていった。強い魔力が宿っており、ケイトに何か働きかけているのが分かる。

眼の前の光景に、私たちは思わず息を呑《の》んだ。

鏡を見つめるケイトは、呆然としたまま微動だにしない。

やがて光が消え、しばらく静寂が辺りを包んだ。

「……ケイト？」

オルフが恐る恐る声をかける。

するとこちらを振り向いたケイトが、オルフを見て不思議そうに首を傾《かし》げた。

「どうしたのあなた。そんな顔をして」

「えっ？」

オルフが目を見開く。

「私が……分かるのか？」

「何を言ってるんですか。当たり前でしょう。今日は私たちの結婚五十周年の記念日なんですから。それより見てください、レイくんの作ってくれたイヤリング。本当に素敵だわ」

先程までと打って変わり、ケイトはオルフの妻としての記憶を取り戻していた。

信じられない現象に、私とレイは顔を見合わせる。

オルフは震える手をゆっくりケイトへ伸ばすと、彼女を抱きしめた。

「どうなってるんだ。まさかこんなことが起こるなんて……」

何度も呟《つぶや》くように言葉を発し、やがて彼は喜びに涙を流す。

「もう二度と話せないと思った。愛する妻と、昔みたいに話すことは叶《かな》わないのだと……！」

オルフの言葉の中には、彼が抱えた孤独や葛藤が垣間見《かいまみ》えた。

その姿はどこか、ルクスを失った時の私と重なる。

私と同じような孤独をオルフもまた抱えていたんだ。あの日の私と同じように、暗闇に満ちたオルフの世界に、たった一組のイヤリングが光を灯《とも》した。

その時、私は本当の意味で人間の心に触れた気がした。

「あなた、一体どうしたんですか？　そんなに子どもみたいに泣きじゃくって」

苦笑したケイトは、オルフの涙を優しく拭う。

そんな彼女の手に、オルフは自身の手を重ねた。

「これはきっと……奇跡のアクセサリのおかげだよ」

「君には感謝してもしきれない。何とお礼を言ったら良《い》いのか」

店先で頭を下げたオルフに、レイは慌てた様子で声をかけた。

「そんな、頭を上げてください。僕はただイヤリングを作っただけで……」

「でもそのお陰で、昔みたいにケイトと話すことができた」

オルフはにこやかに笑うと、ケイトに目を向けた。

「たとえあれが一時的な奇跡だったとしても、ケイトの中には私との日々が残っていた。そのことが知れただけでも、私にとってはとても嬉しいことだったんだ」

ケイトの状態は長くは保たなかった。あの後、時間が経《た》つと共に彼女はまた元の状態に戻ってしまったのだ。イヤリングから放たれた光は確かにケイトの記憶を回復させたが、それは一時的なものだったらしい。

だが、ほんの僅かな時間でも確かにケイトの中にオルフとの日々が残されていることが分かった。それだけで、オルフにとっては光となったのかもしれない。

「じゃあケイト、そろそろ行こうか」

「ええ、お願いしますね。オルフさん」

名前を呼ばれたオルフは一瞬呼吸を忘れたように目を見開くと。

「あぁ……帰ろう」

そう言って、泣きそうな笑みを浮かべた。

名前を忘れてしまった妻が、再び自分の名を呼んだ。それがアクセサリの起こした奇跡の残滓《ざんし》だったのか、ケイトの記憶が回復する兆候なのかは判別できない。

でも私は信じたいと思った。

いつかオルフとケイトが昔のように再び笑い合える日々が来ると。

「一体何があったんだろう」

オルフとケイトを見送り、レイが不思議そうに首を傾げる。彼は一連の出来事がまだ理解できずにいるようだった。私は少しだけ迷った後、正直に話すことにした。

「ごめんなさい。実は私、イヤリングを見せてもらった時に少しだけ触れてしまったの。そしたら、突然イヤリングが輝き始めて……」

怒られるかと思ったが、レイは「イヤリングが輝いた……？」と顎に手を当てていた。

真剣な顔で、何か考えている。

「昔、父さんから聞いたことがある。この世界には、アクセサリの力を引き出す才能を持った人がいるって」

レイはそう言うと、私の目を見つめた。

「ヤミは魔法を使っていたよね。もしかしたら君は、無意識に魔法でアクセサリの力を引き出したのかもしれない」

「アクセサリって、レイが作ったイヤリングのこと？」

「あのイヤリングはオルフさんたちにとって結婚五十周年を記念する特別なものだった。

その力が引き出されたことで、ケイトさんの失われた記憶を一時的に蘇《よみがえ》らせることができたんじゃないかな」

「そんなことあるのかな……」

自分の手を見つめる。魔法でそんなことができるだなんて思いもしなかった。

「もしかしたら君はすごい魔法の才能を持っているのかもしれない。人を幸せにするための才能が！」

「私の魔法が……人を幸せにする？」

信じられなかった。今まで私はたくさんの人を不幸にしてきたから。

魔王である私が持つのは、混沌《こんとん》と破壊をもたらす力だと思っていたから。

そんな私が、誰かを幸せにするだなんて。

「ヤミ、君が良ければ僕が作るアクセサリに魔法をかけてほしい。みんなが幸せになるような、奇跡の魔法を」

「奇跡の……魔法」

その言葉は、私の心を奮い立たせる。

レイのアクセサリが、人々にふさわしい輝きを届けてきたように。

私にも、誰かを助けることができるのだろうか。

第3話　約束のペンダント

眼《め》の前《まえ》のお客さんに、丁寧に梱包《こんぽう》した商品を手渡す。

「ありがとうございました」

「こちらこそありがとう。素晴らしい物を買えて良かった」

カランカランとすっかり聞き慣れたカウベルの音が店内に響き、私はホッと一息つく。

トリトの街に来て一ヶ月が経った。

新しい暮らしにも慣れた私は、『ルーステン』での仕事にもかなり対応できるようになっていた。最初は簡単な清掃しかできなかったのが、最近ではアクセサリや鉱石の知識も身について、売上の計算や簡単な接客もこなせている。

ただ、一つだけ悩みがあった。

私に与えられた特別な仕事についてだ。

お客さんが帰ったのを確認し、カウンターの下に仕舞っていたアクセサリを取り出す。

カウンターの上に置いたのは銀に模様が彫られたシンプルなシルバーリングだ。

私は目の前のアクセサリに意識を集中すると目を瞑《つむ》る。魔力を集め、そしてアクセサリへと働きかけた。しかし——

「また失敗……」

何の変化も見せないアクセサリに、私は一人落胆した。

私が新しくやろうとしている仕事。

それは、レイが作ったアクセサリの力を魔法で引き出すというものだった。

だが、オルフ夫妻の一件以来、私の魔法がアクセサリに何らかの働きかけをすることはなくなっていた。レイの作ったシルバーリングに魔法をかけようとしても、あの時のような輝きが出ない。

革製のバングルやシルバーネックレス、イヤリングなどにも試してみたが、どうにも思ったような結果にならないのだ。当然身につけても、何か特別な効果は感じられない。

「あの時は上手《うま》くいったのに……」

やっとできた自分だけの役目がこの結果では、どうにも気落ちしてしまう。

「ヤミ、また魔法の練習をしていたの？」

私がカウンターでアクセサリに向き合っていると、工房からレイが声をかけてきた。

「お客さんがいないとはいえ一応開店中だし、店先で魔法を使うと誰かに見られるかもしれないよ」

「あ、そっか……」

アクセサリに夢中ですっかり忘れていた。私が魔法を使えることは極力人に見られないようにしないとダメなんだ。

表向きは人間の魔導師のフリをしているものの、もし魔法に精通した人に見られた場合、私が魔族だと気付かれてしまう恐れもある。レイには私が魔法を使うことは内緒にしてほしいと頼んでいたから、気遣ってくれたのだろう。

「オルフの時みたいにレイのアクセサリの力を引き出せればって思ったんだけど」

「上手くいかなかった？」

「せっかくお店の役に立てると思ったのに……」

「ヤミは十分良くやってくれてるよ。仕事も真面目にしてくれてるし、覚えも早い。お金の計算なんか僕より正確なくらいだ。一生懸命仕事に取り組んでくれて、ヤミがこの店に来てくれて本当に良かったって思ってるくらいだよ」

「本当……？」

「うん。焦らなくて良いから気長にやろう。一度出来たんだから、きっと大丈夫さ。それに、見てご覧よ」

レイに促され、私は店内へ目を向ける。

「ヤミが毎日手入れをしてくれたお陰で、店内も華やかになった。花を飾ったり、レイアウトを見やすく変えたり、店の雰囲気が明るいお陰でお客さんの数も増えてるんだ」

「掃除は魔お……お城でよくやっていたから。花も、たまたま市場のおばさんがサービスでくれて、せっかくだったら飾ろうかなって」

私が日々の仕事に励むのは、彼に喜んでもらいたいのもあるが、それ以前に役に立たないと追い出されてしまうかもしれないという不安もあったからだ。だからレイが喜んでくれるのは、私としても喜ばしいことだった。街から出られず、行き場もない私にとって、この店での私の存在意義は一つでも多い方が良い。

どうにかして私の魔法でレイのアクセサリの価値を高められるようになれないだろうか。

そうすれば、私の立場はより盤石になる。

少なくとも、すぐに追い出されることは避けられるはずだ。

夜、店内の清掃を終えてグッと伸びをする。

「疲れたな……」

ため息は出たものの、この疲れは正直言うと嫌じゃない。ずっと魔王城で暮らしていた私にとって、仕事をして一日の終わりを感じるのは心地よさを覚えるものだった。

ふと壁にかかった時計を見て、閉店時間を過ぎていることに気が付く。

「レイ、そろそろお店閉めるね」

「うん。頼んだよ」

看板を引っ込めようとして店頭に目を向けると、不意に窓の外で影が動くのが分かった。人影がある。外からこちらを覗《のぞ》いているようだが、薄暗くてその顔はよくわからない。

不思議に思い外に出ると、覗き込んでいた人物と目が合った。

そこに居たのは大柄の男だった。だがどこか弱々しく、大人しそうな印象を受ける。胸当てを身につけ、腰に剣を挿していた。軽装だから一見旅人にも見えたが、王都の印が入った服を身にまとっているから国の兵士かもしれない。

「お客さん？」

声をかけた途端、相手はギクリと体を強張《こわば》らせる。

「えっと、ごめんなさい！」

「あ、待って……」

止める間もなく、男は逃げるように走り去ってしまった。

「何だったんだろう」

男は手に何か握りしめているように見えた。

あれは……見間違いでなければペンダントだったかもしれない。

「大柄の男の人？」

夕食の際、レイに先程のことについて話すと、パンを手に持ったまま目を丸くしていた。

「レイの知り合いじゃないかなって思ったの。でも、店から出てきたのが私だったから驚かせたのかもって」

「誰だろう？　他に特徴はなかった？」

「特徴……」

そこで男の服装を思い出す。

「あの人、王都の兵士だと思う。服に王都の印が刻まれていたから」

「王都の兵士？　どうしてそんな人がここに居るんだろう」

レイはしばらく考えた後、ハッとして顔を上げた。

「ひょっとして、オードリーさんのところのミカかな？」

「ミカ？」

「近所に住んでるんだ。長男のロイドが僕や兄さんと同じ十八歳で、昔からの知り合いなんだよ。ロイドは鉱石の発掘をしてるから、たまに仕事でもお世話になるんだ。次男のミカは三年前、うちの兄さんと同時期に兵士に志願して家を出たって聞いてる」

「兵士になったのなら、今は王都に居るんじゃないの？　どうしてトリトにいるんだろう」

「何か事情があるんじゃないかな。戦争も終わったから休暇をもらったとか」

「それならお店を覗いたりしないで、堂々と入ってきたら良いのに」

「確かに。何でそんなことしてるんだろう。ちょっと妙だな」

二人で首を捻《ひね》ったが、結局答えは出なかった。

ミカが再び現れたのは翌日の朝だった。

開店前の準備をしていると、見覚えのある影が窓越しに現れたのだ。

「今度こそ……」

私は気付かれないように裏口から外へ出る。壁からそっと顔を覗かせると、やはり昨日と同じ大柄の男が中を覗き込んでいた。あれがミカらしい。

私は足音を忍ばせて近づき、トントンと相手の肩を叩《たた》く。

「そんなに見たいなら店内で見ていけば？」

「うわぁっ！」

油断していたのか、ミカは倒れ込むようにその場に尻もちをついた。

「急に何するんだ、ビックリするじゃないか！」

「ずっと覗いてたから、お客さんかなって思って。お店に用があるんじゃないの？」

「うう、そうなんだけど……。気持ちの準備が要るっていうか、事情があるっていうか」

「事情？」

意味が分からず首を傾《かし》げていると、背後からレイの声がした。

「騒がしいと思って出てみたら、やっぱりミカじゃないか！」

名前を呼ばれ、ミカはギクリと表情を硬くする。しかしレイは彼の様子に気づかず、嬉《うれ》しそうに近づいた。

「久しぶりだな！　見違えたよ、すっかり立派になって」

「や、やぁ、レイ……」

「王都に居ると思ってた。戻って来たなら言えば良かったのに」

「戦争が終わって帰省できたんだ。それでレイのお店を見かけたから、ちょっと顔を出そうかなと思って……」

説明するミカの言葉は微妙に歯切れが悪い。どうやってごまかそうか考えているようにも見える。

「うちに寄ってくれるのは嬉しいけど、実家にはもう戻ったのか？　先にロイドとイリアに顔を見せた方が良いんじゃない？」

「うっ……」

聞かれたくなかったのが目に見えた。

「実はちょっと理由があって、まだ顔を出してないんだ」

「しばらく会ってなくて気まずいってこと？　それなら僕も一緒に――」

「やめてくれ」

レイの言葉を遮るように、ミカは言葉を被《かぶ》せる。

「やめてくれないか」

切実な彼の表情に、私とレイは顔を見合わせた。

するとミカはポケットから何かを取り出した。シルバーで作られたペンダントだ。チェーンの先に六角形にカットされた鉱石が固定されている。昨日お店の前で握りしめていたのはこれだろう。

「実はこのペンダントを修理してもらおうと思って来たんだ」

「それで中を覗いてたの？」

私が尋ねると、観念したかのように彼は頷《うなず》く。

レイは深く問いただすことはせず、ミカのペンダントに目を向けた。

「良かったらそのペンダント、見せてくれないか？」

レイが言うとミカは素直にペンダントを差し出した。ペンダントに嵌《はま》っていた黒い鉱石に深いヒビが入っている。他にも、細かい傷が多数ついていた。

「酷《ひど》い状態だね。鉱石が砕けてる。これは、オブシディアンだね」

「父さんの形見なんだ。魔族との戦争で心臓を突かれた時、僕を守ってくれた」

ミカの言葉に、心臓がスッと冷える感覚がした。この人は魔族と殺し合ってきたんだ。生き残って、やっとの思いで戻ってきた。もしペンダントに助けられなければ、彼はきっと命を落としていただろう。

平和なトリトの街でも、時折こうして戦争の影響は現れる。決してなかったことにはできない。それだけ多くの人が巻き込まれたのだと思い知らされる。

「実はこのペンダント、無断で実家から持ってきてしまったんだ。いつの間にか荷物の中に紛れ込んでて。兄さんにバレたらとんでもなく怒られる」

だからあんなにコソコソしていたのか。旧友のレイにこっそり依頼しようとしていたのに、私がいたから入るのを躊躇《ちゅうちょ》したのだろう。

「兵士の仕事はもう辞めたの？」

私の問いに彼は「いや」と首を振った。

「実は国境沿いの人員を強化するために異動命令が出たんだ。だから一度家に戻って家族に挨拶してこいって」

「それで戻ってきたんだね」

私たちが話す間もレイは真剣な様子でペンダントの状態を観察していたが、やがて決心したように「よし」と声を出した。

「ミカ、アクセサリの修理はやっておくよ。鉱石は交換すると思うけど、元の状態に近い形にはできると思う」

「本当かい？」

「ただ、事情があるならやっぱり家族に会った方が良い。ロイドもイリアも、きっと心配してるから」

「でも……兄さんはきっと、僕に会いたくないと思うよ」

「どうしてだい？」

「街を出る時、兄さんとは喧嘩別《けんかわか》れをしてるんだ。兄さんは僕が兵士になることを反対していて、無理を押して家を飛び出したから。ペンダントのこともあるし、きっとすごく怒ってるよ」

『お前のような奴が戦場で生き残れる訳ないだろ！　すぐ死ぬに決まってる！』

『そんなの、やってみないと分からない！　僕の気持ちも知らないくせに、何でもかんでも決めつけるなよ！』

「揉《も》めて以来、兄さんとは一度も会ってないんだ」

「だから気まずくて家に帰れてないの？」

「あぁ……」

「それなら尚更《なおさら》ロイドに会ってみたらどうだい？　僕たちも付き添うから。一対一ならともかく、他にも人がいればロイドも無茶はしないんじゃないかな」

しばし逡巡《しゅんじゅん》した後、ミカはやがて「……分かった」と諦めたように頷いた。

三人でオードリー家へと向かう。

移動する間もミカはずっとオロオロしていた。大きな体に似つかわしくない小動物のような動きで、とても戦場に出ていた兵士には見えない。

「本当に大丈夫かな……」

「さすがに三年ぶりに帰ってきた弟を邪険にしたりしないとは思うけど」

「でも僕はルクスと違って戦場で大きな活躍もしてないから。偉そうなことを言って何の成果も挙げずに戻ってきた僕を見て、呆《あき》れてしまうかもしれない」

「素晴らしい戦果がなかったとしても、生きて戻ってきたじゃないか。残された家族からすればそれで十分だよ」

レイはさらりと告げたが、彼の言葉にはとても重たい意味が込められていることを私は知っている。

勇者として讃《たた》えられずとも、無事に帰ってきてさえくれればよかった。

レイの言葉の裏に、死んでしまったルクスへの想《おも》いが見えた気がした。

オードリー家は三階建てのレンガ造りの家で、『ルーステン』からそれほど遠くない場所に存在していた。家のドアを前にして、ミカは緊張した面持ちを浮かべる。

何度もドアをノックしようとしては、彼は手を止めた。見かねたレイが声をかける。

「僕がノックしようか？」

「頼むよ」

やむを得ずレイがノックすると、ドアの向こうから男の声が聞こえた。

「はいはい、今開けますよっと……」

中から現れたのは長い黒髪の男性だった。

目つきが鋭く、気が強そうなのが見て取れる。彼がロイドだろう。

ロイドはドアの前に立つレイを見て、パッと顔を緩めた。

「よぉ、レイ。どうしたんだよ」

「お客さんを連れてきたんだ」

「客？　その女か？」

彼はチラリと私を見た。

「いや、彼女じゃなくて」

「兄さん、僕だよ」

ドアの陰からミカが姿を見せると、ロイドは一瞬目を見開き、息を呑《の》んだ。

「ミカ……」

「久しぶり。戦争が終わって、やっと戻ってこられたんだ」

「お前、よく無事で――」

ロイドは何かを告げようとして一瞬笑みを見せた後、やがて払いのけるように首を振り、鋭い目つきでミカを睨《にら》んだ。

「何しに戻ってきやがった」

「えっ？」

「どの面下げてここに来たんだよ！　家族を捨てて国の犬になったんだろ！」

「違うよ兄さん。僕は……」

「うるせぇ！　お前と話すことはねぇよ！」

「待ってよ！」

踏み出したミカを拒絶するようにロイドはピシャリとドアを閉めてしまう。二人の間に隔てられたドアは、そのまま心の距離を表しているようだった。

ミカはガックリと肩を落とす。

「やっぱり、ダメだったか。取り付く島もなかったな……」

「ミカ……」

心配するレイに「ごめんよ」とミカは弱々しく微笑《ほほえ》んだ。

「せっかく付き添ってくれたのに、こんなことになってしまって」

「そんなことない。せっかく戦争から生きて戻ったのに、このままじゃあんまりだ。僕がロイドに話すよ」

レイが再びドアを叩《たた》こうとすると、ミカが肩を摑《つか》んだ。

「良《い》いんだ。家を出た時からこうなるのは分かってた。兄さんが怒るのも無理はないよ。何せ、散々反対されたのを押し切ったんだから」

そう語るミカは、どこか諦めているように見えた。

自分を納得させようと言い聞かせているみたいだ。

「疲れたから僕は宿に戻るよ。ペンダントの修理だけ頼むね」

「宿？」

「うん。領主様の家の近くにある宿屋だよ。ただ長居はできなくて、三日後には王都に戻らないと。ペンダントの修理はそれまでに間に合うかな」

「大丈夫だと思うけど……」

「なら良かった」

閉ざされたドアを、ミカは淋《さみ》しげに見つめる。

「さっきは勇気が出なくて家に帰りたくないって言ったけど、本当は兄さんとイリアに一目でも会いたくて戻ってきたんだ。でもこれなら、やっぱり戻らない方が良かったな」

ミカは悲しそうに呟《つぶや》くと、歩き去っていった。

その背中は、彼の体格にしてはあまりに小さく、丸い。

私とレイは、去っていく彼をただ黙って見送ることしかできなかった。

ミカと別れて『ルーステン』へ戻ってきた。

先程のこともあり店内には重たい空気が流れている。いつもは心地が好いレイの木槌《きづち》の音が、妙に静けさを際立たせていた。

チラリとレイの様子を窺うと、作業台に置かれたミカのペンダントが目に入った。

「そのペンダント、どうするの？」

「同じ種類の鉱石を留めて修復する感じかな。あとはできるだけ磨いて傷を目立たなくするんだ。オブシディアンは在庫があるから、作業自体は時間がかからないと思う」

黒い独特の輝きを持つ鉱石は、今では酷くひび割れてしまっている。

「オブシディアンにも、アイオライトやクンツァイトのように特別な意味があるの？」

「悪《あ》しき物を遠ざけるとか、潜在能力を開花させるとか、色々意味はあるけど。弱さを克服する石だって父さんからは聞いたな」

「弱さを？」

「オブシディアンは持ち主を守り、弱さを克服させてくれる力を持つんだよ」

「だから、ミカを守ってくれたのかな」

「かもね」

「ロイドはどうしてミカを拒絶したんだろう」

ミカが姿を見せた時、ロイドは一瞬だけ嬉《うれ》しそうな表情を浮かべていた。

あの時のロイドの顔は、私には本心に思えた。

ロイドとミカは喧嘩別れをしたという。でも本当に、いがみ合っていたのだろうか。

オルフの件で、私は人間と魔族は似ているのかもしれないと思うようになっていた。文化や暮らしは違っても、心はとても近いのではないかと。

でも、ロイドやミカの姿を見ていると、また分からなくなる。

「ロイドの本心は知らないけれど、本音を言えば、少し気持ちは分かるな」

「どういうこと？」

レイはミカのペンダントをじっと見つめた。

「僕たちとオードリー三兄妹《きょうだい》は似てるんだよ」

こぼすようにレイが口を開く。

「ロイドたちも戦争で両親を亡くしててね。親を亡くした彼らは、兄妹三人で支え合うように暮らしてた。僕と兄さんも親がいなくなってからしばらくは二人で店を切り盛りしてたから。境遇が重なってたんだ」

その後、ルクスは両親の仇《かたき》を討つために戦争へ参加した。

大陸全土を支配しようと侵攻していた魔王軍の大将を単独で打ち破り、戦況を覆す圧倒的な『個』の力を持つ者として注目を浴びるようになり、やがて彼は女神の聖地である神都アースより、女神の祝福を受けた勇者として認定されたのだそうだ。

それが今から三年前、ルクスとレイがまだ十五歳の頃だったという。

そしてルクスの台頭により、戦況は人間側に傾き始めた。

「兄さんもミカも、同じだったと思う。きっと、大切な人を守るために戦いに出たんだ。でも残された側は心配するし、危険な戦場になんか立ってほしくない。もし兄さんが生きてて無事に戻ってきたとしたら、僕も歓迎するより前に怒ったと思う。どれだけ心配したと思ってるんだって」

「喧嘩してしまうの？」

レイは首を振る。

「散々怒った後、きっと抱きしめた。無事に戻ってきてくれて、嬉しくないはずないから。ロイドもきっと、共通する部分があるはずだよ。だから、ミカがこのままロイドとすれ違ったままなのはやっぱり嫌だな」

レイの話を聞いて、少しだけ腑《ふ》に落ちた気がした。家族でも知らないことがあるんだ。

先代魔王であった父は無闇に血を流すことを望まなかった。父はずっと魔族たちを統率し、彼らの暴走を抑えていた。それはきっと、簡単なことではなかったはずだ。魔王の指示とはいえ反発もあっただろうし、命令を無視して人間を襲う者だっていた。そして襲われた人間は魔王を恨んだ。

それでもなお、父は人間との均衡を保とうとした。

どうして父がそこまでしたのか、詳しい事情は知らない。

父は争いを好まなかったから、血が流れてほしくなかったのはもちろんあると思う。

でも、他にも理由があるんじゃないだろうか。

気になるけれど、もうそれを知るすべはない。私がちゃんと対話する前に、父は死んでしまった。先代魔王の本心を私は知らずにいる。

「家族だからって、本当の気持ちを全て知っている訳じゃないんだね」

「家族だから、言えないことや聞けないこともあるんだよ」

幼い頃の私は、魔王の立場にある父に距離を感じていた。家族だから聞けないこともあるというのは、その通りなのかもしれない。

ただ、今のミカやレイたちの状況は、元を正せば全部魔王である私のせいじゃないかとも思う。

ミカやロイドの両親が死んだのも、ルクスとレイの両親が死んだのも、私が戦争を止めることができなかったからだ。私が魔王になってから戦争は激化した。魔王を神格化する魔族たちの動きが過激化し、私はそんな魔族の動きを抑えることができなかった。

戦争が終わった今も、たくさんの人間が心に傷を抱えて生きている。魔王や魔族に恨みを持つ人間はきっと世界中に存在するだろう。家族を殺された恨みは決して消えることはない。それは魔族も同じだ。人間に土地を追われ、家族を殺された魔族だっている。

ミカやロイドたちのように、戦争に起因して複雑な事情を抱えた人間や魔族は世界中にいるんだ。

『戦争が終わった今、これからはきっと人間と魔族が共存する時代に入っていく。人間と魔族の関係が変わっていくと思うんだ』

いつかルクスはそう言っていた。

でも、魔族と人間が共に暮らす時代なんて、本当に実現するのだろうか。

人間と魔族はそう遠い存在ではないのかもしれない。

ただそれ以前に、お互いが分かり合うためにはもっと根深い問題がある気がした。

「レイ、一つ聞きたいんだけど」

「どうしたの？」

「もし、魔王が今もどこかで生きていたとしたらどうする？」

「えっ？」

「仇を討ちたい？」

「それは……急に言われても分からないよ。どうしてそんな質問を？」

「少し気になったから」

そうだ、忘れてはならない。レイが私を傍《そば》に置いてくれているのは、私が魔王だと知らないからだ。本当のことを知られたら、私たちが一緒にいることはできなくなる。

困惑するレイの姿を見ながらそう思った。

翌朝、あくびをしながらリビングに下りていくと、その姿をばっちりレイに見られてしまった。思わず私は口元を隠す。恥ずかしさで顔が熱い。

「おはようヤミ。何だか今日は眠そうだね」

「昨日寝るのが遅くなっちゃって」

「珍しいね。もしかして、ミカやロイドのことを考えてたの？」

私が黙って頷《うなず》くと、レイは「優しいんだね」と微笑んだ。

昨日、仕事を終えて自室に戻ってからも色々考えてしまい、あまり眠れなかった。そのせいで微妙に疲れが残っている。レイは早起きしたのか、既に身だしなみが整っていた。

「レイは今日早いんだね」

「ちょっと人と会う用事があるんだ。そうだ、午前中店のことを任せても良いかい？」

「別に大丈夫だけど。誰と会うの？」

レイは何か言おうとしたが、チラリと壁の時計を見て「まずい」と言葉をこぼした。

「そろそろ行かないと。後で話すね。テーブルの上に、目玉焼きとパンが置いてあるから。あと昨日の残りのスープも温めてあるよ」

「うん、行ってらっしゃい……」

バタバタと出て行くレイの姿を見送る。よほど時間がないのか、ひどく慌てているようだった。

簡単に身だしなみを整えた後、目玉焼きを載せたパンを口にする。トロリと溶けた黄身がパンと絡んで、体が満たされていく感覚がした。レイがいない家はずいぶん静かで、どこか遠くから聞こえる朝の喧騒《けんそう》が余計に静寂を際立たせた。

パンを口にしながら私はふと物思いにふける。

「レイ、誰と会うんだろう」

女の人だろうかと一瞬考えて首を振った。別に彼が誰と会おうが良いじゃないか。この街に住んでいるレイには、たくさんの人付き合いがある。

朝食を終えて店を開く。カウンターに座って外を眺めていると、不意にあくびが出た。レイが不在だから気がたるんでいるんだろうか。先程のこともあり、調子が出ない。

何気なく外を眺めていると、入口のカウベルがカランカランと音を鳴らしてレイが戻ってきた。崩れていた姿勢を思わず正す。

「ごめんヤミ、店任せちゃって」

「ううん、別に大丈夫」

ふと、レイの背後にもう一人誰か立っていることに気がついた。私と同じ年くらいの女の子だ。茶髪で、髪の毛を肩まで伸ばしており、快活そうな印象を受ける。

一瞬だけ、心がざわめいた。

「あの……レイ。その人は？」

私が尋ねると、彼女はひょこりと顔を覗《のぞ》かせた。

「はじめまして。兄がお世話になってます」

「兄って、あなたは……」

「私、ミカの妹のイリアです」


リビングにイリアを通す。私の隣にはレイも座っていた。

「改めて紹介するよ。彼女はイリア。ロイドとミカの妹なんだ」

「レイさんに話は聞きました。うちの兄が色々とお騒がせしてしまってすみません」

「レイが会いに行くって言ってたのは、イリアのことだったの？」

「ミカとロイドのこと、どうしても放っておけなくて」

どうやら彼も昨日のことが引っかかっていたらしい。慌てて出ていったのは、イリアが出かける前に話をしたかったのだろう。

少しだけホッとしている自分がいた。でも、何に安心しているのかはよくわからない。

すると、イリアは真剣な表情を浮かべた。

「それでレイさん、本当なんですか？　ミカ兄ちゃんが戻ってきてるって」

「あぁ。昨日、この店に来て一緒にロイドに会いにいったんだ。でもロイドと言い争いになってしまって……」

「追い返された？」

レイは頷く。イリアは深く重い溜息《ためいき》をついた。

「本当にロイド兄ちゃんったら……。何でそう短気なんだろう」

彼女は呆《あき》れたように頭を押さえた後、顔を上げる。

「ロイド兄ちゃんは誤解しているんです、ミカ兄ちゃんのこと。ロイド兄ちゃんはミカ兄ちゃんがお金や名誉のために戦争に行ったと思ってます。でも違う。ミカ兄ちゃんは私たちを──家族を守るために兵に志願したんです」

『ミカ兄ちゃんはどうして兵士になろうと思ったの？』

『兄さんは責任感が強いから、いつも無茶ばかりしてるだろ。きっと魔族がこの街に攻め込んできたら、兄さんは僕らを庇《かば》ってしまう。だから僕は兵士になるんだ。いざという時、僕が兄さんやイリアを守りたいからね』

「ミカ兄ちゃんは家を出る前、そう言ってました。なのに追い返すなんて信じられない」

イリアは唇を尖《とが》らせる。

「ロイド兄ちゃん、早合点《はやがてん》してるんです。昔から頑固で、全然自分の間違いを認めないし。自分は長男だから、弟と妹のことは全部知ってるって思ってるんですよ」

「まぁ、その面倒見の良さがロイドの良《い》いところでもあるけどね」

「でも勝手すぎます！」

感情が高ぶったのかイリアはテーブルをドンと叩《たた》いた後、冷静になって「すみません」と謝っていた。こうして見ると、少しロイドに似ているかもしれない。

イリアはギュッと手を握りしめると、レイを見つめた。

「レイさん、ロイド兄ちゃんに本当のことを話してくれませんか？　二人の誤解を解きたいんです」

「でもあの様子だと話しても信じてくれるかどうか」

「ですよね……。本当はミカ兄ちゃんが直接話せば良いんですけど。臆病だからなぁ」

「体つきは立派になったけど、そこだけは変わってなかったね。ただ、あの臆病さはミカの優しさの表れでもあるけど」

「優しすぎるんですよ、ミカ兄ちゃんは」

イリアはガリガリと頭を掻《か》いた。

「うぅ、こんなにこじれちゃったらもう仲直りなんて無理だよぉ」

「本当に、そうなのかな……」

私が言うと、二人がこちらを見る。

「ミカの顔を見たロイド、一瞬だけ笑ったように見えた」

昨日のことを思い出す。ミカを見たロイドは、一瞬だけ笑みを浮かべていた。淀《よど》みのない、心からの笑みを。

「本当はロイドも、ミカが帰ってきてくれて嬉《うれ》しいんじゃないかな。でも、喧嘩《けんか》のことがあって素直に喜べないでいるのかも」

「確執はまだ決定的じゃないってことですか？」

家族だからって、何でも知っているわけじゃない。

ミカの真意をロイドが知らないように、逆も然りなんじゃないだろうか。二人の橋渡しになる何かがあれば、関係を修復できるかもしれない。

そこでハッとした。

「レイ、ミカから頼まれたペンダントの修理ってもう終わった？」

「鉱石の修理は終わったかな。あとは全体を磨いて傷を消さないとダメだけど」

「少し、見せてもらってもいい？」

「えっ？　でもお客さんのものだから……」

途中まで言いかけたレイは私の目を見て何かを察したのか、「分かった」と頷いて工房から布の上に載せたペンダントを持ってきてくれた。

新しいオブシディアンが嵌《はま》った、ミカの父親のペンダントだ。

「これ、お父さんの？」

ペンダントを見たイリアは目を丸くした。

「ミカが修理してほしいって持ってきたんだ」

「そうだったんだ……。道理で家にないと思った」

「ねぇ、イリア。少し聞きたいんだけど」

「はい？」

「このペンダント、ミカはいつの間にか荷物の中に入ってたって言ってた。本当にそんなことあるの？」

「どうだろう、あんまり考えられないですけど。両親の遺品は棚の奥に大切に保管してるので、少なくとも取り出さない限り勝手に入ることはないと思います」

「やっぱり……」

だとしたら。

「このペンダントが、ミカとロイドを繋《つな》いでくれるかもしれない」

私はペンダントに手をかざした。

「イリア、今から見るものは私たちだけの秘密にしてほしい」

「えっ、どういうことですか？」

「いいから約束して。じゃないと、ミカにきっかけを渡せない」

真剣な私の様子を見て、イリアは困惑しながらも「分かりました」と頷いてくれた。

「見てて」

私は目を瞑《つむ》ると、オブシディアンへと意識を集中する。

ずっと引っ掛かっていた。どうして私の魔法が発動しなかったのか。ケイトのイヤリングと、私が魔法をかけてきたアクセサリの何が違ったのか。

その答えが、このペンダントを見た時、不意に分かった気がした。

私が魔力を注《そそ》ぎ込むと、鉱石の内側から湧き上がるような黒い光が生まれるのが分かった。光は仄《ほの》かな輝きをもって鉱石自身を照らし、そしてペンダントを包み込む。

鉱石の解き放つ美しい輝きは店内に星空のような光の粒を生み出し、小さな店を幻想的な世界へと塗り替える。

イリアとレイが息を呑《の》むのが分かった。

「すごい、何これ……。魔法？」

「ヤミ、これってひょっとして？」

「やっぱりそうだった」

私の魔法をかけられたオブシディアンは、その内なる力を発揮していた。

ミカとロイドの橋渡しとなる、奇跡の力を。

二日後、約束通りミカはペンダントを取りにやってきた。

店に来たミカは、そこにいる人物を見て驚いたように目を見開く。

「イリア……どうしてここに」

「ミカ兄ちゃん、久しぶり」

ミカを出迎えたイリアは、少し照れくさそうに笑みを浮かべた。

「レイさんが、今日ミカ兄ちゃんが来るって教えてくれたの。だから待ってたんだよ」

「そっか……」

ミカは少し悲しそうに俯《うつむ》く。イリアは彼に近づくと、そっと手を取った。

「ミカ兄ちゃん。今日で王都に戻るって聞いたけど、本当なの？」

「ああ。そのつもりだよ」

「なら、最後にもう一度ロイド兄ちゃんに会ってよ。このまま仲違《なかたが》いしたままなのって絶対良くない。だってミカ兄ちゃんは、私たちのために家を出たのに」

「無駄だよ。兄さんはもう僕の話を聞く気はない」

「そんなこと言って、ミカ兄ちゃんが恐《こわ》いだけじゃない！」

イリアは涙を浮かべて叫ぶ。

「ミカ兄ちゃんはいつもそう！　勇気がなくて、意気地なしで、でも本当はとても優しくて……。だからロイド兄ちゃんはずっと心配してた！　守ろうとしてたんだよ！」

ミカはぐっと言葉に詰まっていた。

「話せばいいじゃない！　兄弟なんだから喧嘩したっていい！　でも、また会えなくなるのに、本心を伝えないまま離れちゃうのは嫌だよ。このまま縁が切れたら、何のためにミカ兄ちゃんは戦場に出たのさ……」

感情が高ぶって涙を流すイリアを見て、ミカは顔を伏せる。

「ごめん、イリア。兄さんとは会えない。イリアの言う通りだよ。僕は兄さんが恐いんだ。また話を聞いてもらえないんじゃないかって、ずっと恐れてる」

「ちゃんと話せばきっと分かってくれる！」

「無理だよ。僕にはもう兄さんと話す勇気がない。久しぶりに会った時の兄さんの顔を見て、心が折れたんだ」

「じゃあ何のために戦場に行ったのよ！　そんなので、本当に兵士が務まるの!?」

「家族のために戦う勇気と、家族に向ける勇気は全く別物なんだ……」

ミカはレイへ視線を向ける。

「レイ、ペンダントの修理はできてる？」

「うん。ここにあるよ」

「ありがとう。お代、置いておくね」

ミカはレイから受け取ったペンダントを首につけた。新しく嵌《は》め直されたオブシディアンを眺め、悲しげな笑みを浮かべる。

「あぁ……とても良いね。素晴らしい腕前だよ」

「ねぇ」

私が声をかけると、ミカはこちらを振り向く。

「本当にロイドと話していかないの？　大切な家族なんでしょ」

「さっきの話を聞いてただろ。きっと会ってくれないよ」

「でも、あなたには伝えたいことがあるんだよね」

「そりゃそうだけど……」

私はオブシディアンのペンダントを指差す。

「レイから聞いた。そのペンダントに嵌《はま》っているオブシディアンは弱さを克服させてくれる力を持つって」

「弱さを、克服……」

「そのペンダントをあなたの鞄《かばん》に入れたのは、ロイドだよ」

「兄さんが？」

驚いたようにミカが目を見開く。私は頷《うなず》いた。

「ペンダントは両親の遺品と共に棚の奥に仕舞われてたってイリアが言ってた。そんなペンダントがミカの荷物に入っていたのだとしたら、理由は一つしか無い」

「私も見たの。ミカ兄ちゃんが出発する前、ロイド兄ちゃんが荷物に触れているのを。何をしているんだろうって思っていたけれど、ヤミさんの話を聞いて納得した」

「ロイドはきっと、あなたの無事を願ってそのペンダントを入れたんだと思う。自分の代わりに、お父さんに見守って貰《もら》うために」

「そんなこと……」

あるはずない、とは言えなかったのだろう。

ミカはペンダントを眺め、ロイドに想《おも》いを馳《は》せているようだった。私は一歩踏み出す。

「もう一度話してみたら。そのペンダントが、きっと勇気をくれるから」

「でも……」

ミカが真剣な顔でペンダントを見つめていると、突然店の入口のドアが開いた。

「イリア、ここにいたのか！　捜したぞ！　それにミカも！」

見覚えのない男が息を切らしていた。相当急いで来たらしい。

「誰？」

私が尋ねると、イリアが「お兄ちゃんと同じ職場の人です」と答えてくれた。

「どうしたんですか、血相変えて」

「坑道が崩れてロイドが下敷きになった！」

「えっ!?」

その場にいた皆が騒然とする。男は切実な様子で言った。

「万一のことがあるかもしれない。急いで来てくれ！」

いても立ってもいられなくなったミカが店を飛び出し、慌てて全員で彼の後を追う。

ミカの走る速度は戦場を生き抜いた兵士のそれだった。

「待って、兄ちゃん！」

崩落があったという場所はすぐに分かった。トリトの街外れに人だかりができていたからだ。坑道の入口を囲むように人が集まっている。事故があったのはここだろう。

「どいてください、道を空けて！」

ミカが人を掻《か》き分《わ》けたおかげで、どうにか集団の先頭へとたどり着く。

坑道の入口を鉱夫たちが取り囲んでいた。

「どうなったんですか？」

入口を囲んでいた男の一人にミカが声をかける。

「奥の方で崩落があったんだ。幸い皆は逃げられたんだが、避難誘導をしたロイドが崩落に巻き込まれた」

「そんな、兄ちゃん……」

イリアが悲愴《ひそう》な声を出しその場に跪《ひざまず》く。ミカが兵士だと気付いた鉱夫が彼の肩を摑《つか》んだ。

「おいあんた、その鎧《よろい》、国の兵士なんだろう？　ロイドを助けてくれよ！」

「そんなこと言ったって……」

坑内は暗闇に閉ざされており、光が一切見当たらない。

暗闇を前にミカの体は震えていた。

「ミカ兄ちゃん……」

涙を浮かべながら、イリアはミカの顔を見つめる。中の状況がどうなっているのか分からない今、闇雲に飛び込むのは危険だろう。だけど……。

「レイ」

私はレイに耳打ちする。

「私の魔法を使えばロイドを助けられるかもしれない」

「本当かい？　でも、そしたら君が魔法を使えるってことが知られてしまうんじゃ……」

「ロイドが死ぬより良《い》い。私が中に入って助けに行く」

私が一歩前に踏み出そうとすると、「ダメだヤミ」とレイが私の腕を掴んだ。

「いくら君が魔法を使えると言っても危険すぎる」

「けど、このままじゃロイドが……」

私たちが言い合っていると、不意にミカがギュッとペンダントを握りしめた。

それと同時にオブシディアンのペンダントが光を解き放ち、輝き始める。

「何のために僕は兵士になったんだ。兄さんを……家族を護《まも》るためだろ」

光はまるでミカの言葉に呼応するように、その輝きを彼へ伝播《でんぱ》させた。

ミカの全身を鉱石の光が包むと同時に、ミカの体の震えが止まる。

やがて光が収まると、彼は決心したようにまっすぐ前を見つめた。

「僕が行く。皆はここで待っててくれ」

ミカは優しくイリアの頭を撫《な》でる。

「大丈夫、必ず戻るよ」

そう言って彼は松明《たいまつ》に火を点《つ》け、鉱山の中に入っていった。ミカの松明の光が暗闇を進み、そして見えなくなる。

「女神様、お願いします……」

その場に居る全員が祈りを捧《ささ》げ、イリアの祈りの言葉が静寂の中に広がる。

長い時間が経《た》ったように感じた。実際には僅かな時間だったのかもしれないけれど、時が止まったかのような錯覚すら受ける。

私はジッと、坑道の入口を見つめていた。

もし、ミカが戻らなかったらその時は……。

私が内心覚悟を決めたその時、坑道の入口に再び松明の光が近づいてきた。

ロイドを背負ったミカだった。

「ミカ兄ちゃん、ロイド兄ちゃん！」

イリアが駆け寄ると、ミカは「大丈夫だよ」と言った。

「足が岩の下敷きになったんだ。一人で歩くのは難しいだろうけど、折れてはいないと思う。念《ねん》のため、お医者様に見てもらった方が良い」

ミカの指示で誰かが医者を呼びに走り、緊張に包まれていた空気が一気に弛緩《しかん》した。群衆がざわめく中、ミカの背中から降ろされたロイドは「くそ……」と顔をしかめている。

「俺としたことが、まさかお前に助けられるなんてな」

「もう、ロイド兄ちゃん、まだそんなこと言って！　ミカ兄ちゃんにお礼くらい言いなよ！　命懸けで助けてくれたんだよ！」

「うっ……」

ロイドはしばらく逡巡《しゅんじゅん》したように視線を泳がせた後。

やがて観念したようにミカに視線を向けた。

「助かった。お前がいなかったら、死んでたかもしれない」

「兄さん……」

ミカは不意に、何かを決心したように真剣な顔をした。

「伝えたいことがあるんだ」

「何だよ」

「僕が兵士になったのは、お金や名誉のためじゃない。僕は……強くなりたかったんだ。

守りたかったんだよ。兄さんやイリアを」

ロイドはミカの話を静かに聞いている。

「守られるだけじゃ嫌だったんだ。だから自分を変えて家族を守るために、兵に志願した」

ミカは胸元のペンダントを掲げた。

「この父さんのペンダント、兄さんが僕の荷物に入れてくれたんだろ？　いつも肌身離さず持ってた。そのお陰で命拾いしたよ」

「ふん……」

ロイドはふてくされたような顔をすると、やがて口を開いた。

「本当は、お前が金目当てじゃないのは何となく分かってた」

「えっ？」

「俺は兄貴なんだ。お前がそんな奴じゃないことくらい気付かなくてどうする」

「じゃあどうして……」

「気に入らなかったんだよ。ずっと俺の後ろに隠れてたお前が、いつの間にか自分一人で決断していたことが。それでイラついてお前に当たった」

ロイドはバツが悪そうにしたあと、ミカに視線を寄せる。

「デカくなったな。昔は見下ろしてたのに、今じゃ見上げちまうよ。お前、戦う奴の顔になったな」

「……うん」

「ミカ、兵士を辞めて戻ってこいよ。イリアも寂しがってる。俺も……お前がいてくれると助かる」

それは、明確なロイドの本心だった。ミカは一瞬だけ驚いたように目を見開くと。

「ありがとう、兄さん。でも良いんだ」

やがて、泣きそうな顔で笑みを浮かべた。

「国境に配属になったんだ。過酷な場所らしいけど、家族が故郷で安心して暮らすためなら頑張れる気がするんだ。僕は、兄さんとイリアが安心してこの街で暮らせるように頑張るよ」

「おい、行くなよ！　兄貴が言ってんだぞ！」

ロイドはギュッとミカの肩を摑んだ。

「お前はこの街で、昔みたいに三人で暮らせば良いんだ！　それで全部うまくいくだろ！」

「ごめん兄さん。でも僕は二人を守るために、もっと強くなりたいんだ。父さんと母さんが死んだ時のように、何もできないのはもう嫌なんだよ」

「俺を助けてもまだ足りないってのか。この馬鹿野郎が……」

ロイドは目に涙を浮かべ、ミカを抱き寄せる。ミカもロイドの背中に手を回した。

「必ず戻ってくるよ。だから、いつか僕が帰って来るのをイリアと待っていてほしい」

「死んだら絶対許さねぇからな」

抱きしめ合う二人の姿に呼応するように、ミカの胸元でオブシディアンのペンダントは美しく輝き続けた。


その後、やってきた医者に連れられ、ロイドは病院へと運ばれた。

ミカとイリアはロイドに付き添って病院へと向かうことになった。

「レイ、ヤミさん。本当にありがとう」

去り際、ミカは私たちにそう言ってくれた。彼の顔にはもう、初めて会った時のような迷いはなかった。

「ずっと僕の帰る場所はもうないんじゃないかって引っかかってた。だけど……帰ってきて本当に良かったよ。このペンダントのお陰で勇気が出せた」

「ペンダントの鉱石はあなたの中の勇気を引き出しただけ。元々あなたの中には、困難と向き合う力があった。だから、これからは自分の力を信じてあげて」

「うん、ありがとう」

私の言葉にミカは笑みを浮かべた。そんな彼に、イリアが声をかける。

「ミカ兄ちゃん！　もう行くよ！」

「あぁ、今行く！　じゃあ、またいつか」

去っていくミカたちを静かに見送っていると、横にいるレイがグッと伸びをした。

「一件落着だね。本当に良かった」

「ミカ、無事に国境から戻ってこられるかな」

「心配だけど、今はミカを信じよう。ヤミが魔法をかけてくれたペンダントがあるんだから、きっと過酷な任務も乗り越えられるよ」

「家族でも、ちゃんと話さないと分からないこともあるんだね」

言葉にしないと想いは伝わらない。かつての私に足りなかったのは、父に一歩歩み寄る姿勢だったのだと気付いた。私はその教えを、魔族ではなく人間から教わった。

ひょっとしたら、と思う。父もまた、私と同じように人間から何かを学んだのかもしれない。だから父は人を知ろうと思い、人間と魔族が共に暮らすことが大きな光を生み出すと思ったんじゃないだろうか。

「僕もあの時、兄さんを必死で止めていたら、兄さんの結末は変わったのかな……」

不意に、レイが表情を陰らせた。

それは彼の中にあった後悔の念だった。私がルクスの死について抱えるものがあるように。レイもまた心の中で、ずっと兄の死に対して後悔があるのかもしれない。

「分からないけど……」

私はレイを見つめる。

「もしそうだとしたら、ルクスは勇者にならず、戦争も終わっていなかった。そして、私がルクスやレイと出会うこともなかったと思う」

「そうか。うん、そうだよね」

レイはどこか悲しげな笑みを浮かべた。そんな彼の笑みが記憶の中のルクスと重なり、心の穴が疼《うず》く。

「ねぇレイ。私、気付いたことがあるんだけど」

話題を変えようとした私に、レイは首を傾《かし》げた。

「気付いたことって？」

「私の力は、アクセサリの力を解き放つものじゃなかった」

「じゃあ、あの輝きは？」

「あれは鉱石の輝き」

私は自分の手を見つめる。魔法を使った時の感覚が、まだ残っていた。

「私の力は、鉱石の持つ魔力に反応するんだと思う」

兄に怯《おび》えていたミカは鉱石の光を受けた瞬間、迷いをなくしたように見えた。

もしあれが鉱石の力だったのならば。

クンツァイトの『無限の愛』の力が、ケイトの愛の記憶を取り戻し。

オブシディアンの『弱さの克服』の力が、ミカの勇気を引き出したのではないだろうか。

鉱石は魔力の結晶だ。私が魔法を通じて鉱石の潜在能力を引き出したのだとしたら、一連の現象の説明がつく気がする。

私の魔法がずっと失敗していたのは、鉱石がついていないアクセサリに魔法をかけていたからなんだ。

「レイ。私、もっとたくさんの鉱石に触れたい。誰かの力になりたいの」

「なれるよ。ヤミはたくさんの人の力になれる」

彼の言葉は、私の背中を押してくれる。

私は生前の父の意思を知らないまま今まで生きてきた。

でも、この街に来て人間を知り、初めて父の意思を知ることができた気がした。

人間も魔族もお互い憎しみあっているけれど、同時に共にあることで見えるものがあるのではないかと思った。

魔王である私がこの街で誰かを助け、そして父が見ようとした人間と魔族の可能性を見つけられるのだとしたら。

私がこの街に来た意味が、確かにあるような気がしたんだ。

第4話　魔王のブローチ

幼い頃の夢を見た。

眼《め》の前《まえ》に、棺《ひつぎ》に横たわった父の遺体。もう目覚めることのない父の姿を見つめる私のそばに、寄り添う誰かの姿があった。

『ヤミ様、これからはこのイグナーツがあなたの面倒を見させていただきます』

大きな体に白髪と白いヒゲ、聡明《そうめい》な瞳と二本の角、そして胸元に輝く深い蒼《あお》の鉱石が嵌《は》まったブローチ。

父の古い友人であり、我が家の執事でもあるイグナーツだった。

幼い私の教育係で、生きていくための知識は彼からすべて教わった。厳しかったけれど、上手《うま》くできた時はいつも笑顔で褒めてくれる。それが嬉《うれ》しくて、学問も、魔法も、礼儀作法も、一生懸命努力した。

早くに両親を亡くした私にとっては父の代わりであり、祖父のようでもある人だった。

『ヤミ様、あなたは魔王として毅然《きぜん》と振る舞わねばなりません。いつも顔を上げ、前を向き、堂々としてください。魔族は力を持つ者にこそ従います』

『そんなの……父様じゃないと無理だよ』

『それでもです。後継者となった今、あなたは民のため、そしてあなた自身のために強くあらねばなりません』

彼は祖父のように温かな笑みを浮かべ、私の肩にそっと触れた。

『大丈夫です。あなたはとても強い。どうか立派な魔族の王になってください』

しかし戦争が本格化して間もなく、イグナーツは私の前から姿を消した。


太陽の光が差し込み、明るさに目を細める。鈍い頭のまま天井を仰ぐと、すっかり見慣れた木の梁《はり》が目に入った。外から聞こえる鳥の鳴き声が、私に朝を感じさせる。

「夢……」

懐かしい……けど悲しい夢だった。イグナーツのことは、私に辛《つら》い記憶を思い出させる。

「『魔王として毅然と振る舞え』か……」

夢の中で言われたイグナーツの言葉が不意に脳裏に蘇《よみがえ》る。

今思えば、彼が言っていたことはすべて正しかった。私が立派な魔族の王になれなかったばかりに戦争は苛烈になり、人も魔族も大勢死んだ。

夢で見た光景が私の心を蝕《むしば》む。

「……起きないと」

私は思い切り息を吐き出し、部屋を出た。

リビングを見下ろすと顔を洗い終えたレイが私を出迎えてくれる。「おはよう」と階段を降りながら私は返事した。

「おはよう、ヤミ」

私の顔を見たレイは、少しだけ心配そうな表情を浮かべていた。

「どうしたの？　何だか浮かない顔してるけど」

「そうかな……」

ペタペタと自分の顔に触れてみるも、あまり実感はない。

「夢、見たからかも」

「夢？」

「懐かしい人が出てくる夢」

「懐かしい人？　故郷の友達とか？」

「ううん。私の教育係だった人……。厳しいけれど優しい人だった」

「大切な人だったんだね」

「家族以外で私に唯一優しくしてくれたの。でも、事情があって長い間会えてなくて。今はもう、生きているかも分からない……」

「そっか」

言葉に困ったのか、レイは少し黙る。朝から重たい話をしてしまった。

「ごめん、暗い話しちゃって。すぐ朝御飯作るね」

すると、何かひらめいたようにレイはパッと顔を上げた。

「そうだ。今日、市場に買い出しに出かけるんだけど、ヤミも一緒に来てくれない？色々買うから居てくれると助かる」

私を元気づけるために提案してくれているのだろう。彼はいつも、こうしてさりげなく気遣ってくれる。

「行く。レイ、ありがとう」

午前中は店を閉め、市場で買い物をすることになった。生活必需品や工房の仕事に必要な資材などを買いつつ、街を巡る。

トリトの街は相変わらず賑《にぎ》やかだ。この街には流浪の旅人や、鉱物を仕入れに来た行商人が多く集まる。市場はいつも人に溢《あふ》れていて活気があった。

平和な街の光景を見ていると、沈んでいた気持ちが少しだけ前向きになる気がする。

「ヤミ、ちょっと製作用の道具を見てくるから待っててくれる？」

「荷物見とくね」

「すぐ戻るよ」

人混みに消えるレイを見送り、近くの石段に座る。レイのお陰で気分転換ができた。彼にはこの街に来てからずいぶん助けられている。

何気なく人の流れを眺めていると、帽子を深く被《かぶ》りコートを着た男性が近づいて来た。

「もし。道をお尋ねしたいのですが」

私は相手に視線を向ける。背が高い大柄の老人で、白い髭《ひげ》が生えていた。頬に大きな火傷《やけど》の跡が目立つ。人間にしては珍しく、強い魔力を感じる。

どこかで見覚えがある気がする人物だった。相手も同じことを思ったのか、首を傾げる。

「お嬢さん、どこかでお会いしたことがありますかな？」

すると、相手はハッとしたように私の肩を摑《つか》んだ。予期せぬことに狼狽《ろうばい》する。

「もしかして、ヤミ様ではないですか？」

私をヤミ様と呼ぶ知り合いは人間にはいない。緊張が走った。

「あなたは……誰？」

震える声で尋ねると、老人は帽子を取った。

忘れもしない、その顔。

「イグナーツ……」

「そうです。あなたの従者、イグナーツでございます。あぁヤミ様、まさかこんなところでお会いできるだなんて！」

イグナーツは涙を流し、私のことを抱きしめた。大きな彼の声に周囲の視線が集まる。

「生きておられると思いませんでした！　すっかり大きくなって！」

「あの……イグナーツ。ここで『様』はつけないでほしい。目立つから」

私の言葉にイグナーツはハッとして私を放す。

「そうでしたな、失礼しました」

「ヤミ……これは、どうしたの？」

騒ぎで駆けつけたレイは、私とイグナーツを見て目を丸くしていた。

『ルーステン』のリビングでイグナーツと話す。

私の横にはレイが、向かい側にはイグナーツが座っていた。

「改めて自己紹介を。私はイグナーツ。ヤミの教育係をしておりました」

「あ、僕はレイと言います。この工房を営んでいる者です」

「レイは私の雇い主なの」

私が補足すると「雇い主……」とイグナーツは呟《つぶや》く。

「ということは、ヤミは今ここで仕事を？　まさか一緒に暮らしているのですか⁉」

「そうだよ」

「何てことだ、年頃の若い男女が同じ家で暮らすなど」

「あ、一緒に暮らすといっても何もないので……」

「当たり前です！」

イグナーツは叫んだ後、頭を抱えた。その姿にレイは乾いた笑いを浮かべる。

私は気になっていたことをイグナーツに尋ねた。

「戦場に出て行方不明になったって聞いたけど……」

「戦況が大きく乱れる中、どうにか生き延びることができたのです。しかし敵地の奥深くで深手を負ったゆえ、自由に動くことも叶《かな》わず。療養しようやく動けるようになった頃、終戦の話を聞きました。それ以降は街を巡り、旅を続けていたのです」

「お互い大変だったね……」

しんみりとした雰囲気になり、空気を察したようにレイは立ち上がった。

「僕は仕事に戻るね。工房に居るから、何か困ったことがあったら声をかけて」

「それなら、私も店番しないと」

「せっかく再会したんだから、今日はゆっくりしてて良《い》いよ」

レイはそっと会釈して工房へ姿を消す。イグナーツは彼の姿をジッと見送っていた。

「人間にしては良い青年ですな。ただ、彼の顔はどこか見覚えがある」

「レイは……勇者ルクスの弟なの」

「何ですと!?」

イグナーツはガタリと立ち上がり、すぐにハッとしたように椅子に座り直した。

レイに聞かれたかと思ったが、彼がこちらに戻って来る様子はない。

「どうして勇者の弟と暮らしているのですか。ただでさえ、人間との生活は危険なのに。もし魔王だと気付かれたら、今度は本当に殺されてしまうかも知れませんぞ！」

「それは……」

私はイグナーツにこれまでの経緯を話した。

勇者ルクスが私の首を刎《は》ねなかったこと、彼が死んだこと、彼の死をレイに告げるために私がこの街に来たこと。

私の話を聞いたイグナーツは神妙な表情をしていた。

「なるほど。勇者はもう……死んでいたのですか。魔王が生き、勇者だけが死んだ。過激な魔族が聞けば再び戦争を起こそうとするでしょうな」

「でも私はその事実を広げるつもりはない」

「勇者への恩ですか」

「うん。でもそれだけじゃない。私はもう戦争が起こってほしくないの」

私が言うと、イグナーツは渋い顔をした。

「確かにその通りですな。あのような酷《ひど》い光景は、二度と生むものではありません。あなたは相変わらずお優しい方だ。お父上によく似ている」

きっと彼は、私が想像できないような酷い光景を眺めてきたのだろう。

大勢の人間と魔族が殺し合う、阿鼻叫喚《あびきょうかん》の地獄を。

「とにかくあなたが生きていて本当に良かった。魔王様が討ち取られたという話を聞いた時は、何日も涙が止まりませんでした。この街を出るつもりはないのですか？」

「今は事情があって出ることができない」

「事情？」

「原因は分からないけど、何故《なぜ》か街から出られなくなってしまって。出ようとしても、戻ってきてしまうの」

「それは難儀ですな。誰かの魔法ということはないのですか？」

「可能性はなくもないけど……少なくとも、今まで妙な魔力は感じてない」

「ふむ、確かに魔王の目をごまかして魔法をかけるのは不可能に近いかもしれませんね。では、この店にはそれで？」

「うん。行き場がない私を、レイがお店に置いてくれたの」

「怪しいものですね。若い女性を娶《めと》ろうとしているのではないですか？」

「レイはそんな人じゃない！」

思わず声を荒らげてしまう。普段ほとんど感情を露《あら》わにしない私が大きな声を出したからか、イグナーツは目を丸くしていた。

「大きな声がしたけれど、大丈夫？」

今度は聞こえてしまったのか、レイが工房から姿を見せる。

「ごめんなさい、つい盛り上がってしまって」

私が弁明しているとイグナーツがおもむろに立ち上がり、レイに向き直った。

「レイ殿、ヤミから事情は聞きました。行き場のないヤミを助けてくださったそうで、心よりお礼申し上げます」

「そんな。僕の方こそ、ヤミにはたくさん助けてもらってますから」

「その上で、少しご相談があるのですが」

「どうしたんですか？」

「私を今日から暫《しばら》く、ここに置いてはいただけないでしょうか」

「えぇっ？」

レイと私はほぼ同時に声を出した。突然何を言い出すんだ。

しかしイグナーツは毅然《きぜん》としていた。

「ヤミは年頃の女性です。そんな彼女があなたのような若い男性と一つ屋根の下で暮らすことが本当に大丈夫なのか、見定めさせていただくべきだと判断しました」

「イグナーツ、レイは善意で私を置いてくれてるんだよ」

割って入った私を、レイは手で制する。

「大丈夫ですよ。気持ちは分かります。イグナーツさんの立場なら心配になるのは無理もありません」

「でも、レイ……」

「いいんだ。それに、僕もイグナーツさんともっと話してみたいから」

レイはニコリと笑った。

「じゃあせっかく二人が再会できたんだし、今夜は何かごちそうを作りますね」

「ならば私が作りましょう。こう見えても料理は長年行っております。今日は腕によりをかけて料理を振る舞いますよ」

「それは楽しみですね」

イグナーツは微笑《ほほえ》みを浮かべた後、私にそっと耳打ちした。

「心配はいりません。私が必ずあなたを街から出られるようにして差し上げましょう」

「そんな、私はこの街を出たいだなんて一言も……」

そこまで言いかけて、言葉を噤《つぐ》む。元々、私はこの街を出たがっていたはずだ。イグナーツなら、本当に私がこの街から出られるようにしてくれるかもしれない。

好都合なのは分かっているのに。どうして私は、彼を止めようとしているんだろう。

自分の気持ちが、分からないでいた。

こうして、私とレイとイグナーツ、三人での生活が始まった。

最初はどうなるかと思われた共同生活だったが、イグナーツは驚くほどの速度で『ルーステン』での生活に馴染《なじ》んでいった。魔王城で一流の執事だった彼の家事や料理の技術は卓越していて、何をさせても彼は私より上手《うま》くこなしてしまう。私が苦戦した人間の生活様式にも、彼は難なく順応した。

「ヤミ、ここの掃除がまだ甘いですな」

「この塩加減では素材の味が乱れます。健康にもよくありません」

「淑女たるもの、たとえ相手が同居人とはいえ身なりを整えてから会うようになさいませ」

同時に、私が何をしてもイグナーツの厳しい指導が入るようになった。

それはどこか、魔王城で共に暮らしていた時のことを思い出させる。

少し疲れる時もあったけど、私はそんな日々が何だか懐かしく、嬉《うれ》しかった。これだけ深く私のことを見てくれる人は、レイやルクス以外にいなかったから。

また、イグナーツが厳しいのは私にだけではなかった。

「レイ殿、工房に工具が置きっぱなしでしたぞ。生業《なりわい》のための作業道具は元の位置に戻すようになさいませ」

「ヤミにばかり掃除させるのではなく、もう少しご自身でも掃除なさったらどうですか。あなたは職人気質すぎる。もう少し人として生活力を養われるべきでしょう」

「ずいぶんと髪の毛がボサボサですな。散髪なさったらどうです」

レイは私以上に厳しくイグナーツからの指摘を受け、毎度乾いた笑いを浮かべていた。

イグナーツが寝泊まりしているのは半物置と化していたレイの両親の部屋だ。最初は簡易的にベッドを整えた程度だった部屋は、いつの間にかすっかりキレイに整頓されている。

イグナーツの存在で、私たちの生活は大きく変わりつつあった。


「ありがとうございました。またお越しください」

イグナーツが来てから一週間ほど経《た》ったある日。

私がお客さんを見送ると、いつの間にか隣にイグナーツも立っていた。

「ヤミ、今の接客は良かったです。客人の要望にふさわしい商品を提供できていた。言葉遣いも申し分ありませんでした」

「そう。よかった……」

この一週間の厳しい指導のお陰か、私の接客能力は飛躍的に改善されていた。今まではレイに接客を助けてもらうことも少なくなかったが、ほぼ完全に一人でクロージングできるようになっている。

褒められて安堵《あんど》していると、イグナーツは店内の値札を見て気難しい顔をしていた。

「どうしたの、さっきからずっと値札を見て」

私が尋ねるのとほぼ同タイミングで「二人とも、そろそろお昼にしようか」とレイが工房から顔を出す。するとイグナーツは厳しい視線をレイに向けた。

「レイ殿。ここの商品、ずいぶんと安価で売っていらっしゃるようですな」

「そうですか？　それなりに値がすると思うんですけど」

「私の見立てでは価格を倍以上にしても問題ありません」

「ば、倍⁉　いくら何でもそれは……」

「いえ、私はこれまで色々な街を旅しておりました。銀に混ぜものをしたり、細かな処理を怠ったり、この店と比べ物にならないほど質の悪いものがずっと高い金額で売られていた。あなたの彫金職人としての腕は確かです。ここいらで値上げを検討された方がよろしい。今よりずっと良《い》い暮らしができるでしょう」

「しかし、倍はちょっと……。長い間この値段でやり取りしている常連さんもいますし」

「正直、今までが異常だったと考えるべきでしょう。薄利多売にするならともかく、あなたは一つ一つの商品をかなり丁寧に作っている。ご自身の作業工数をしっかりと価格に反映されていますか？」

「それは……」

「私が見るに、あなたはお金に頓着がなさすぎる。今までよく暮らしてこられましたね」

呆《あき》れたようにイグナーツはため息をついた。流石《さすが》に私も黙っている訳にはいかない。

「イグナーツ、それくらいにして。値段をどうするかとか、そんなのは私たちがとやかく言うことじゃない」

「何を言っているのです。私はあなたのために言っているのですよ」

「私のため……？」

「ヤミはレイ殿に雇われる立場です。貧しい暮らしが続けば、いずれあなたを養えなくなる可能性もある。この街をいつ出られるか分からない今、レイ殿の利益を上げることは、ヤミが長くこの店で働けるようにするということでもあるのです」

「確かにそうだけど……でも」

「良いんだ、ヤミ。イグナーツさんの言う通りだよ」

何とか反論しようとする私に、レイが口を挟む。

「僕はお金に無頓着だし、生活力が低いのも本当のことだから。それにイグナーツさんがここまで手厳しく僕に指摘するのは、ヤミが心配だからですよね」

イグナーツは黙って目を瞑《つむ》った。その沈黙は肯定を意味している。

「でも、ごめんなさい。商品の値段を上げることはしません」

「何ですと……？」

驚いてイグナーツはレイを見つめる。

ずっと低姿勢だったレイは、揺らぐことなくその視線を受け止めていた。

「僕はこの店の商品をたくさんの人に手にとってほしいんです。お金持ちだけじゃなくて、普通の暮らしをしている人たちにも」

「そのせいでずっと貧しい暮らしが続いても良いのですか？」

「構いません。僕は裕福になることを求めていない」

「むっ……」

イグナーツはしばらく厳しい視線でレイを見た後、やがて諦めたように首を振った。

「そうですか……。ならば好きになさるとよろしい」

不服そうに踵《きびす》を返《かえ》すと、彼は上の階へと上っていってしまう。重たい沈黙の中、私たちだけがその場に残された。私はレイに頭を下げる。

「ごめんなさい、レイ。事情も知らずにイグナーツが勝手なことを言ってしまって」

「君のせいじゃないよ。僕がもう少ししっかりしていたら良かったんだ」

「そんな……」

レイは店先のアクセサリを手に取る。

「この店の値段が安いのは、父さんや母さんの頃からの意向なんだ。アクセサリなんて贅《ぜい》沢《たく》品に思われるかもしれないけれど、その贅沢品に心が励まされる人だっている。それを知っているから、僕も父さんも多くの人に商品が行き渡るよう努めてきた」

私は、この店で働き出して数多くのお客さんと出会った。

オルフ夫妻や、オードリー三兄妹を始めとして、どのお客さんも特別な想《おも》いを込めてアクセサリを手にしていた。

レイやレイの両親は、ずっとそんなお客さんの姿を見てきたんだろう。

「兄さんも、アクセサリを買うお客さんの顔を見るのが好きだってよく言ってたな」

「ルクスが？」

「僕が父さんの技術を引き継いで、兄さんがお客さんにふさわしいアクセサリを選ぶ。そうやって、この店のアクセサリをたくさんの人に届けるのが僕たちの夢だったんだ」

「夢……」

私は指に嵌った勇者の指輪を見つめる。

ルクスが私にこの指輪を渡してくれたのは、彼の夢の一端だったのかもしれない。


「ヤミ様」

先程の事件から数時間後、イグナーツが私に声をかけてきた。レイは買い出しに出かけており、家にいるのは私たちだけだった。

「やはり私は、お二人が共に暮らすことに反対です」

イグナーツは真剣な表情だった。

「レイ殿が悪人だとは思いませんが、やはり彼は青い。眼《め》の前《まえ》の現実より、自分の理想や信念を大切にしすぎているように思えます。このまま共に暮らせば、いつかあなたが大きく傷つくことになるやもしれません」

「レイは人を傷つけるような人じゃないよ」

「だとしても、です。彼は考えが甘すぎる。とてもあなたを任せることはできない」

イグナーツの中にはレイへの不信感が募っているようだった。

「それに私も改めてこの数日、人間の生活に触れましたが、やはり生活様式や常識が魔族とは大きく違いました。このまま暮らし続けることは相当なリスクがあります」

「確かに不便だし、不安もある。でも、人間の暮らしには魔族にはない魅力があるし、毎日触れて少しずつ慣れてきたよ。それに、この街に来て魔族と人間の価値観も似てる部分があるって分かった。私がもっと人間を知れば、きっと上手くやっていけるはず」

私が言うと、イグナーツはハッと表情を変えた。

「……お父上と似たことを仰《おっしゃ》るのですね」

「えっ？」

「お父上も、魔族はもっと人間を知るべきだと仰っていました。お父上は、人間と魔族の共生を模索していらっしゃいましたから」

「ですが私は、旅をして肌で感じたのです」と悲しげに彼は目を伏せる。

「人間と魔族は根本的には違う生き物だ。そして何より両者の間には、戦争を通した揺るがぬ憎しみがあります。何かがあってからでは遅いのです」

　イグナーツは私の肩を摑《つか》んだ。

「レイ殿があなたと暮らしているのは、あなたが魔族だと知らないからです。彼も他の人間と同じで魔王や魔族への遺恨があるはず。真実を知れば、魔王であるあなたと共に過ごせるはずがありません。お父上の理念は大切ですが、どうか現実を見てください」

　私は、イグナーツの言葉に何も返すことができなかった。

　レイは魔族を憎んでいる。そんなことは分かっているつもりだった。ミカの一件があった時も、戦争が彼らの両親を殺したことを忘れてはならないと肝に銘じた。

　でも、レイはいつも笑顔で、他者への気遣いを忘れない人だったから。いつの間にか私は、レイの優しさにすっかり甘えてしまっていたのかもしれない。

　この暮らしは、あくまで私の嘘《うそ》と、レイの善意の上で成り立っているのだ。

「お互いのために、あなたは彼と離れて暮らすべきです」

「けど……」

　口ごもる私を見て、イグナーツは少しだけ怪訝《けげん》な表情を見せる。

「ヤミ様、先程からあなたは私の言葉に反対なさっていますね。あなたは街から出られないからやむを得ずこの店に留《とど》まっていたのではないのですか？」

「どう……なんだろう」

街を出たい気持ちは確かにあった。

だけどそれは、決して人間から離れて生き延びるためではないような気がする。

私は、自分が魔族であることが露呈することで、レイに疑いが向けられてしまうのが怖かった。彼が私と暮らしたせいで迫害されたり、処刑されてしまうくらいなら、彼と離れた方がずっと良い。

だから私は、トリトの街を出るべきだと自分に言い聞かせていた。

でも本当はどう思っているんだろう。

自分のことなのに、自分の気持ちが分からずにいる。

「まだ……答えが出ていないのですね」

そんな私の様子を見て、イグナーツはどこか寂しそうに目を細めた。

「すぐに答えを出せとは言いません。ですがどうか、これだけは忘れないでください」

彼はそっと胸元のブローチに触れる。

「私は魔王一族への忠誠を誓いました。一度は果たせなくなった想いでしたが、再び機会はやってきた。今度こそ、亡きお父上の代わりにあなたを護《まも》ります。そのためであれば、どんな手でも尽くすつもりです。たとえそれが、あなたの望まぬ結果だったとしても」

真剣なイグナーツを見て、私は何も言えなくなった。

「ヤミ様、街へ出てまいります」

「今日も調べ物？」

「ええ。早くこの街からあなたを連れ出さねばなりませんからな」

次の日から、イグナーツは外出をよくするようになった。私をこの街から出すための方法を本格的に調べ回っているらしい。

イグナーツを見送った私は、深くため息をつく。厄介なことになった。とはいえ、止められるはずもない。イグナーツは私のために行動しているのだ。せめて、私がどうしたいのか、しっかり意思表示できれば話は変わってくるのだろうけれども。

「……家の掃除をしないと」

気を取り直して、自分の仕事に集中する。

一階から二階、ルクスの部屋、レイの部屋へと掃除を進めていく。

一通り掃除を終え、あとはレイの両親——イグナーツの部屋だけとなった。

普段から整頓されている彼の部屋を掃除する必要はないかと思ったが、ここ最近のイグナーツは忙しそうにしていたし、掃除してあげた方が喜ばれるだろう。私はイグナーツの部屋へ足を踏み入れた。

棚の上にハタキをかけていると、不意に棚に置かれていた何かを落としてしまった。

反応するよりも先に、それは床にぶつかって割れた。

「あ、しまった……」

コップか何か割ってしまったのだろうか。破片を拾おうと屈《かが》むと、床に落ちているのがもっと見覚えのあるものだと気付いた。

「これ、イグナーツのブローチだ……」

いつだったか、レイがイグナーツと話していた。

『イグナーツさん。そのブローチ、とても素敵ですね』

レイが胸元に視線を寄せると、イグナーツは誇らしげに笑みを浮かべる。

古びているけれど、今も色褪《いろあ》せていないブローチ。長年大切にしてきたのが見て取れた。

『これはヤミのお父上から戴《いただ》いたものなのです』

『ヤミのお父さんから？』

『彼は私の古い友人でした。これは、私のことを友として認めてくださった証《あかし》なのです』

『嵌《はま》っているのはアパタイトですか？』

ネオンブルーの鉱石を見てレイが言うと、イグナーツは意外そうな顔をした。

『よく分かりますな。その通りです』

『アパタイト？』

私が首を傾《かし》げると、レイが解説してくれる。

『信頼を象徴する鉱石でね。絆《きずな》を強めると言われているんだ』

『ヤミのお父上は私への信頼の証としてこのブローチを下さったのですよ』

彼が誇らしげに持っていた、父のブローチ。その鉱石が割れてしまった。

「どうしよう……」

「ヤミ、今何か物音がしたけど大丈夫？」

狼狽《ろうばい》しているとレイがやって来る。部屋の様子を見た彼は、瞬時に事態を察したようだった。

「レイ、どうしよう。イグナーツのブローチが」

私が泣きそうな声を出すと、レイは私の肩に優しく触れた。

「君のせいじゃない。このブローチの鉱石はずいぶん古くなっていたし、割れるのは時間の問題だったんだ」

その時、階段から誰かが上ってくる音が聞こえてきた。足音の主は一人だ。

「人の部屋に勝手に入るとはどのような用件ですかな」

姿を見せたイグナーツは部屋の様子を見て絶句した。

慌てて私の元に駆け寄り、震える手で鉱石の欠片《かけら》を拾い上げる。

「ブローチが……私の、宝物が……」

「イグナーツ、ごめんなさ」「すみません、イグナーツさん」

私が謝罪しようとするより先にレイが頭を下げた。

「僕の不注意でブローチを落としてしまいました。鉱石が砕けてしまって、どのようにお詫《わ》びすれば良《い》いのか」

「レイ、それは私の……」

声をかけた私を、彼は手で制する。イグナーツは目を吊り上げ、レイを睨《にら》んだ。

「これは私のたった一つの宝物です。私の誇りにも等しい宝を、あなたは砕いたのです。他ならぬ、アクセサリ職人であるあなたが！」

「イグナーツ、違うの。レイは悪くない」

「ヤミは黙っていてください！」

激昂《げきこう》するイグナーツの言葉に、思わず私は押し黙ってしまう。これほどまでに怒っている彼を見たのは生まれて初めてだった。

「やはり、こんな場所にヤミを置くのは間違いだった。ここで暮らしていたら、いつかヤミも辛《つら》い目に遭うでしょう。早くあなたを連れてここを出ていかねば」

イグナーツはそう言うとドスドス足音を立てて部屋を後にした。

室内に重たい沈黙が立ち込める。

「レイ、ごめんなさい。私のせいでこんなことになってしまって」

「良いんだ」

レイは少し悲しげな笑みを浮かべ、ブローチに目を落とす。

「さっきのイグナーツさん、とても悲しそうな顔をしていたね」

「えっ？」

気付かなかった。私にはイグナーツが怒って見えたから。

「イグナーツさんにとってこのブローチは拠《よ》り所《どころ》だったんだろうね。本当に大切にしていたんだ」

「……うん」

「君を連れて街を出るって言ってたけど」

「そのための方法を探しているみたい」

「ヤミはそれでいいの？」

「私は……」

私と居ると、いつかレイを傷つけてしまうかもしれない。街を早く出た方が良いと考えているのは事実だ。

でも、レイの役に立ちたいし、魔法で誰かを助けたいと思っている自分もいる。

何より私は、もっと人間のことについて知りたかった。

ルクスが死んだあの日から暗闇に閉ざされた私の心に『ルーステン』は光を灯《とも》した。

その光を辿《たど》った先で、私がこの街に来たことには意味があると知ることができた。だから今街を出たら、心に灯った光を再び失ってしまう気がするのだ。

でも、このままこの街に居たらいつか取り返しのつかないことになるかもしれない。私だけじゃなくて、私以外の――レイが傷ついてしまう可能性だってあるんだ。

どうしたらいいのだろう。矛盾する自分の気持ちに、本心が分からない。

私が言葉に詰まっているとレイは少し寂しそうな笑みを浮かべた。

その姿が、記憶のルクスと重なる。

レイもルクスも一緒だ。いつも悲しいことや、辛い気持ちを笑顔で隠そうとする。

彼らは優しくて、誰も傷つけたくないから、笑みを顔に浮かべるんだ。

レイはそれ以上私に何か問うことはなく、床に落ちた鉱石の破片を黙って拾った。

「ヤミ、本当のことはイグナーツさんには話さないでいてくれないか。やっとの想《おも》いで再会できたのに、二人に悲しい思い出を作ってほしくないんだ」

私はどう答えれば良いのか分からないでいた。

その日の夜は眠れなかった。

昼間のことがずっと頭から離れない。私のせいでレイが悪者になってしまうのが気がかりでならなかった。それに、イグナーツにもこれ以上人間を悪く思ってほしくない。

本当はすぐにでも謝らないといけないのに。

「……お水でも飲もう」

魔法で照らしながらリビングへと下りると、光が漏れているのが分かった。灯《あか》りは落としたはずだけれど、誰かいるのだろうか。

恐る恐る覗《のぞ》き見ると、テーブルで何やら考えごとをしているイグナーツと目が合った。

「イグナーツ」

「ヤミ様、起こしてしまいましたか。申し訳ありません」

私はイグナーツの向かい側に座る。

レイはああ言ったけど、やはり昼間のことを弁明せねばならない。

「あの、昼間のことなんだけれど……」

「正直、あの人間には失望いたしました。勇者ルクスの弟というから期待したのに。やはり、人間と魔族が分かり合うことなど……無理なのですね」

「期待……？」

その言葉が彼の口から出るとは思わなかった。私の疑問に答えるように彼は口を開く。

「私が戦場から助かった理由をまだ話していませんでしたな。実は、私に情けをかけた人間がいたのです。奴は私の命までは奪わなかった」

「情けをかけた人間って……」

「勇者ルクスです」

私は静かに息を呑《の》む。

「私は勇者パーティーと対峙《たいじ》し、敗北しました。本来ならそのまま命を奪われてもおかしくなかった。しかし奴は私の命までは奪わず、見逃したのです」

イグナーツは記憶を辿るように、ポツリと言葉をこぼす。

「勇者ルクスと私を繋《つな》いだのは、あのブローチだったのですよ」

ルクスに追い込まれた私は死を覚悟し、魔王様のブローチを握りしめました。

すると奴はハッとしたように目を見開き、剣を降ろしたのです。

『何故《なぜ》私を殺さないのだ』

『お前にも、待っている人がいるんだろう』

奴は私が自分と似た境遇にあると感じたのでしょう。それだけで敵を逃がすなど、甘い男だと思いました。

しかし、私は可能性を感じたのです。

ルクスのような人間が他にもいるなら、人と魔族が分かり合える未来も訪れるのではないかと。

人間と魔族が共に暮らす時代。

父が志したその世界が実現することを、イグナーツも本当は望んでたんだ。

だからイグナーツは私と同じように、人間を知ろうとした。信じたかった。そしてルクスの弟であるレイを信じようとした。

だけど、実際に人間を見る度に理想から遠ざかるのを感じていて。そして、大切にしていたブローチが壊されて、大きく失望した。

歩み寄ろうとした相手に、想いが踏みにじられたように感じたのかもしれない。

私が戸惑っていると、イグナーツは立ち上がった。

「さて、私はもう眠ります。一刻も早くあなたをこの街から連れ出さねばなりませんからな。調べたところ、この街に魔法や呪術の類が作用している気配はありませんでした。だとすれば、ヤミ様がこの街を出られないのは他に理由があるのかもしれません」

「あ、待って、イグナーツ……」

私が話す前にイグナーツはさっさと部屋へ行ってしまう。せっかく真実を話すチャンスだったのに。私は自分の鈍くささに辟易《へきえき》した。

いや、違う。中々本当のことを話せないのは、チャンスがないからじゃない。今すぐイグナーツの部屋のドアを叩《たた》いて真実を告げれば済む話なんだ。だけどそうしないのは、私が心のどこかで怯《おび》えているからだ。真実を告げることを怖がってる。また、あの時と——

イグナーツがいなくなってしまった時と、同じことを繰り返してしまうと。

実際、レイが私を庇《かば》ってくれた時も、心の何処《どこ》かで安堵《あんど》する自分がいた。

「私は何て卑怯《ひきょう》な奴なんだろう……」

イグナーツの助かった理由がルクスのお陰だとするなら、早く誤解を解かないと。

でも、どうしても手が震えてしまうんだ。


翌日、工房で作業をするレイに私は声をかけた。

「話があるの」

「どうしたの、改まって」

「私、イグナーツに本当のことを話したい」

私が言うと、彼は手を止めてこちらを見た。

「そんなことしたらイグナーツさんとヤミの関係にヒビが入ってしまうよ。せっかく再会できたのに」

「でもこのままレイが勘違いされたままなのは嫌。それに私はこれ以上、卑怯なままの自分でいたくない。ただ、どうしても勇気が出なくて……」

私はギュッと拳を握りしめる。

「私は、イグナーツをまた傷つけてしまうのが恐《こわ》い」

「イグナーツの顔の火傷《やけど》は、幼い頃に私がつけたの」

「また？」

私が八歳の頃だ。魔法を教わっていた私は、魔王城の演習場でイグナーツと魔法の実践訓練を行うことになった。

『ヤミ様、今日から火の魔法の練習をいたしましょう。昨日お渡しした魔導書の二十ページは目を通してありますかな？』

『うん』

『では、ここにある薪に火をつけてみましょう』

私は薪に手をかざし、目を瞑《つぶ》る。

『薪に火がつくイメージを描いてみてください。そして、体内に流れる魔力の流れを意識するのです。心臓から全身に広がり、やがて手へ。集まった魔力を使って、イメージを形にするように手から放つ』

『イメージを形にするように、手から放つ……』

しかしほんの小さな種火を生み出すはずだった私の魔法は、想像以上に大きな炎の渦として生まれてしまった。想像以上の火力で、逃げるのが遅れる。

『危ない！』

咄嗟《とっさ》に私を庇ったイグナーツの頬を炎がかすめた。ほんの少しかすっただけなのに、炎は彼の顔に大きな焼き跡をつけた。

『ヤミ様……大丈夫ですかな？』

『イグナーツ！　ごめんなさい、火傷が……！』

『心配なさいますな。これくらいかすり傷です』

イグナーツは嬉《うれ》しそうに笑みを浮かべた。

『流石《さすが》は、魔王様の御息女ですな』

私が魔法のミスをしたのに、責任を取らされたのはイグナーツだった。

魔王を危険に晒《さら》した罰として、彼は私の教育係を外され、戦場へと送られた。

そして三年前、勇者ルクスの出現と同時にイグナーツは行方不明になった。

今思えば、私に味方がいることを疎ましく思った誰かが、私から彼を引き離すために追放したのかもしれない。イグナーツは父の理解者だったから、私の立場を利用しようとする上で邪魔だったのだろう。

でも、誰が彼を戦場に送ったのか、今更追及しても仕方のないことに思えた。

「魔法の訓練をしていて、私のせいでイグナーツは深い傷を負った。それでも私のことを恨みもせず、今も私を守ろうとしてくれている。私はそんな彼の大切なブローチを壊してしまった……」

レイは私の話を黙って聞いていた。私は彼に頭を下げる。

「全部レイのせいにしてしまってごめんなさい。本当は私がすぐに謝るべきだった」

「君は悪くない。僕が勝手に君を庇ったんだ」

「違うの。何度も話すタイミングはあった。でも私は怖くて、ずっと黙ってしまった」

彼に大きな火傷を負わせただけでなく、宝物まで奪ってしまった。大好きな人を二度も傷つけることが怖くて、私はまたレイの優しさに甘えてしまったんだ。

「イグナーツは厳しいけれど、とても優しい。だからきっと、今もどこかでレイを信じたいって思ってる。今度はもう間違えたくない。イグナーツと仲違《なかたが》いする形になったとしても、レイへの誤解は解きたい」

私が話し終えると、しばしの沈黙の後、レイは「話してくれてありがとう」と言った。

「話を聞いて思ったよ。ヤミのお父さんがそうだったように、ヤミとイグナーツさんにもちゃんと絆《きずな》があるんだって」

レイは作業台に載せていたアクセサリを私に見せた。

「レイ、それ……イグナーツのブローチ？」

「うん。イグナーツさんは嫌がるかもしれないけれど、せめて修理くらいはしておこうと思って直してたんだ。鉱石は割れてしまったから新しいものを嵌《は》め直したけど」

レイはブローチを私の前に差し出す。

「ヤミがもし、自分と向き合って真実をイグナーツさんに話すのなら僕は止めない。その代わり、一つ提案があるんだ」

「提案？」

「今の君が、前を向いて生きていることを伝えよう」

トリトの街に夜の帳《とばり》が降りた頃、私はイグナーツの部屋をノックした。

「どうぞ」と中から声がし、私は部屋へ入る。

「どうしましたかな、こんな時間に」

書物を読んでいたイグナーツは、こちらに目を向けずに言った。

「話があるの」

「どのような話でしょうか」

「この街を出るという件なんだけど」

「それについては、今ちょうど興味深い内容に目を通しておりましてな。御覧ください」

イグナーツは手にした書物を私に見せる。トリトの街について記されたものらしい。

「この街の特産品である鉱石は魔力が結晶となりできたものです。つまり、鉱石が何らかの形であなたが持つ魔力に干渉している可能性があります。その原因を取り除けば、この街を出られるかもしれません」

「イグナーツ、私はこの街を出ない」

イグナーツは動きを止め、こちらを見る。

「私は確かめたいの。この街で、自分が持つ可能性を」

「可能性？」

「その頬の傷のこと覚えてる？　私の魔法が、あなたに火傷を負わせてしまった」

「忘れるはずがありません。魔王としての才の片鱗《へんりん》を私はこの身に浴びたのです」

「私は、自分の魔法が人を傷つけるものだと思ってた。それが、魔王の力なのだと。でもこの街で暮らして、魔王の力が破壊ではなく喜びをもたらすものになる可能性を感じたの」

私は小箱を取り出す。

箱の中には、新しいアパタイトの嵌った魔王のブローチが入っていた。

「それは、私の……」

「レイが直してくれたの。イグナーツのために」

「今更修理などされても」「違うの」

拒絶しようとするイグナーツに、私は言葉を被《かぶ》せる。

「ごめんなさい。あなたのブローチを壊したのはレイじゃない。私が不注意でブローチを落としてしまって、それをレイが庇ってくれたの」

「何ですって……？」

「またイグナーツを傷つけてしまうのが怖くてずっと言えないでいた。でも、それじゃあの頃のままだって気付いたの。私はもう守られるだけじゃない。この魔王の力と向き合って、誰かのために力を使いたいし、大切な人を守れるようになりたい。だから私は、この街に残る。たとえそれが、私にとって危険な選択だったとしても」

私が鉱石に力を込めると、アパタイトは美しい輝きをその内側から解き放った。アパタイトが持つ、ネオンブルーの輝きを。

神秘的で幻想的な光は、室内を深い海のような蒼《あお》に染める。

ミカのペンダントに力を込めた時、鉱石はすぐに力を発揮しなかった。

でもミカがロイドを助けたいと願った時、鉱石は彼に勇気を与えた。

私の力は、鉱石と、人の願いがあることで初めて完成するのだと思う。

だから私はこの鉱石に願いを込める。

イグナーツとの、切れない絆を。

「父様のブローチは壊れてしまったけれど、これからは私の祝福が宿ったこのブローチをつけてほしい」

「これは……魔法がかかっているのですか？」

「うん。私はずっと、魔王の力が怖かった。だけどこの街に来て、私の魔法が鉱石の力を引き出すことに気が付いて、私の力がどんな風に人を幸せにするのかを知りたいと思った。だからそれまでは、この街を去りたくない」

「ヤミ様……」

「私はもう守られるだけじゃないよ。弱さを克服して、未来を見つめたいと思ってる。父様が目指した、人間と魔族が共存できる未来を。だから私は、この街に留《とど》まる」

私はルクスが死んでから、抜け殻のように生きていた。

何でルクスは私に生きることを望んだのか、ずっと分からなかった。

でも、私の魔王の力が誰かを幸せにできると知った時、私は確かに自分が生きている意味を感じたんだ。過去を悔やんで死にたいと思いながら生きるより、過去を抱えて今できることをやろうと思えるようになった。

だから――

「父様がイグナーツへの絆の証《あかし》として渡したように、今度は私からイグナーツに、信頼の証としてこのブローチを渡したい。この鉱石にかけた魔法は私たちの縁を深め、強く結ぶ。いつかきっと、この絆の鉱石が私たちを再会させてくれる」

イグナーツはブローチを手に取ると、自分の胸元につける。

彼の胸元で、アパタイトは美しい光を放っていた。

「認めざるを得ませんな、このような素晴らしいブローチをいただいてしまっては」

そう言って彼は大切そうにブローチに触れた。

「立派になられた。もうあなたは、私が守らねばならない少女ではないのですね」

少しだけ寂しそうに、でもとても嬉しそうに、彼は笑った。

次の日の朝、イグナーツはトリトの街を発《た》つことになった。

店の前で私たちは見送りに出る。

「レイ殿、申し訳ありませんでした。あなたを誤解してしまった」

頭を下げたイグナーツを見て、レイは慌てふためく。

「い、いいえ。僕の方こそ、嘘《うそ》をついてしまって」

「ヤミのために、でしょう。それならば何も謝罪することはございません。ヤミを守っていただき、ありがとうございます。それから、ブローチの修理も」

「とんでもないです。にしても、もう発つんですね。もう少しゆっくりしてもらっても良かったのに」

「いいえ、あまり長居するわけにも参りません」

イグナーツはそっとこちらに近づき、私を優しく抱きしめた。

彼はレイに聞こえないよう、私に耳打ちする。

「ヤミ様、私はこれから国境を越え、魔族領土の北へ向かいます。シルビアが領主となり人間との交渉を進めていると聞きますから。治安も落ち着いているそうです」

シルビアは知っている。魔王軍四将の一人だ。

父からの信頼も厚く、魔族国の北側領土を任せられている。父の理念を受け継ぐ、数少ない魔族の一人だ。

魔族と人間の戦争の最中でも、シルビアは人間と共存することを模索していた。その証拠に、各地で魔族の残党が紛争を起こしているけれど、北側領土では起こっていない。シルビアが上手《うま》く魔族の管理と、人間との交渉を進めているのだろう。

彼女の街に行ければ、確かに安全かもしれない。

「もし、この街にいられなくなった時はどうかお訪ねになってください。いつでも歓迎いたします。それから、街を出る方法ですが……」

イグナーツはそこまで話し、言《い》い淀《よど》む。どうしたのだろう。

「確かなことはまだ言えません。しかし、鉱石の力を引き出すというあなたの魔法が関係している気がいたします。あなたがその魔法をより扱えるようになれば、いずれは方法が見つかるかもしれません」

「分かった。イグナーツも気を付けてね」

私から離れたイグナーツは、私とレイをジッと見つめた。

「人間も、そう捨てたものではありませんな」

そして彼は去っていった。歩き去るイグナーツの背中を、私たちは見送る。

「イグナーツさん、最後何て言ってたの？」

「さぁ？」

「えぇ、教えてくれないの？」

きょとんとするレイを見て、私は少しはにかんだ。

私はもっと強くなろうと思う。自分の弱さと向き合い、イグナーツに恥じない自分になりたい。

私は無力な魔王だった。けれど、だからこそトリトの街にたどり着くことができた。

その意味を知るため、今はこの街で私にしかできない役割を果たしたい。

人間と魔族の遺恨は深い。でも向き合おうとすればわかり合える可能性があることをイグナーツは教えてくれた。

いつか人間と魔族が共存できる未来の訪れを胸に抱いて。

私はそっと手を重ね、大切な家族の旅の無事を祈った。

第5話　真実のブレスレット

トリトの街のアクセサリ工房『ルーステン』はこのところ、少し忙しい。

「こんにちは。この間注文していた指輪なのだけれど」

「できあがってます。今持ってきますね」

レイの職人としての腕が認められてきたのもあるけれど、理由は他にもあった。

「ここのお店のアクセサリ評判なのよ。つけると鉱石が幸運を運んできてくれるって」

「ありがとうございます」

私の魔法により引き出された鉱石の力が、少しずつ人々に知られるようになってきたからだ。

永遠の愛を象徴する鉱石は愛の記憶を思い出させ。

弱さを乗り越える鉱石は勇気を引き出し。

縁を紡ぐ鉱石は深い絆《きずな》を生み出した。

その他にも、悪《あ》しきものから身を守ったり、絵の才能を引き出したり。引き出された鉱石の力に人の願いが重なることで、特別な力が得られることが分かってきた。

私が鉱石にかける魔法は、鉱石の内なる力をもって人の願いを実現する。

そしてその力は、アクセサリを通じて人々にも伝わりつつあった。

「レイ、この前作った指輪のお客さん、とっても喜んでたよ」

「そっか。気に入ってもらえて良かった」

夕食の時、今日あったことを伝えるとレイは笑みを浮かべた。お客さんが増えたお陰で、食卓の会話も自然と明るくなる。

大きな仕事が終わったこともあり、今日の夕食は少しだけ奮発した。上質なソーセージにナイフを入れると、皮が破れてぷつりと肉汁が溢《あふ》れ出《で》る。口に入れると同時に香辛料の豊かな香りがして、幸せを噛《か》み締《し》めるような味がした。

「ヤミが鉱石にかけてくれる魔法が評判みたいだね。最近では別の街からわざわざ来てくれる人もいるみたいだし」

「珍しいことなの？」

「行商人や職人が仕事で街に鉱石を買いに来るのは珍しくないけれど、アクセサリを買うためだけにこんな辺境の街まで来る人は珍しいんじゃないかな」

私の魔法がきっかけで誰かが幸せになり、そしてレイのアクセサリの良さを知ってまたこの店に来てくれる。

まるで幸せが連鎖しているようで、少し嬉《うれ》しい。

「ヤミが店に来てくれて本当に良かった。僕一人だったら、今も雑然とした店のままだったろうな」

「本来なら、このお店はルクスと二人で経営するはずだったんだよね」

「うん。僕がアクセサリを作って、兄さんがそれを売る。二人で協力して店を大きくしようって話してたよ。でも、もし兄さんが戦争から戻ってきたとしたら、僕はかなり怒られただろうな。『ちゃんと掃除しろ！』って」

『レイ、ダメじゃないか、ちゃんと掃除しないと』

『ごめん兄さん。つい作業に夢中になっちゃって』

『寝癖も付いてるぞ。服ももっとちゃんと着ないと。顔は洗ったか？』

『母さんみたいになってるよ』

そんなやり取りをする二人の姿を想像してクスッとしてしまう。すると、レイは何か考えるように私を見つめた。

「そういえば、前々からヤミに聞きたかったことがあるんだけど……」

「何？」

「ヤミと兄さんはその、恋人同士だったの？」

「恋人……？」

「一緒に暮らしてたんでしょ？　指輪も渡していたみたいだったから、気になって」

「そうした約束を交わしたことはないけど」

実際、どうなのだろう。私は右手の指輪に目を落とす。

少なくともこの指輪に、恋愛的な意味は込められていないはずだ。

というよりも。

「正直言うと、恋がどんなものなのかもよく知らない」

「そうなの？」

「ずっとお城で暮らしてたから」

「周りの人に教えてもらったりとかは？」

「戦時下だったし、そんな話は一度も」

そもそも、魔王である私に恋を説くような者はいない。軽い気持ちで言ったのだが、

「そっか」とレイは神妙な表情を浮かべていた。

「難しいけれど、その人のことを考えると心が温かくなったり、満たされたり、どうしようもなく愛《いと》しく思うことを、恋と呼ぶんじゃないかな」

「愛しい……」

私にとってルクスは特別だった。彼と一緒にいると心が満たされたし、それ以上のものはいらないと思っていた。私が彼に抱いていたのは恋心だったのだろうか。そして――

『ヤミ、君を愛せて良かった……』

死ぬ前にそう言ったルクスは、私に恋をしていたのだろうか。

考え込む私を見て、レイは何故《なぜ》か寂しそうな顔をしていた。

「ごめん、変なこと聞いちゃったね」

「大丈夫。聞きづらいことだと思うから、話してくれて良かった」

何か別の話題はないかなと考えて、ふと昼間のことを思い出す。

「そういえば今日、市場が騒がしかったけど何かあるのかな」

街に買い物に出かけた時、何やら市場が賑《にぎ》わっていた。建物に飾り付けがされており、お祭りの準備をしているようにも見えたのだ。

するとレイは「あぁ」と声を出した。

「もうすぐ聖女様が一時的に凱旋《がいせん》するんだよ」

「聖女？」

「三女神様に祝福された聖なる女性の一人さ。この街の出身なんだ」

「へぇ……」

魔王を崇拝する魔族と違い、人間が信仰するのは創造の三女神だ。

光の女神ルース、時の女神クロノス、生命の女神アニマ。

そして、これら女神の祝福を受けた人物を聖女と呼んでいるらしい。彼女たちは神術という特別な術を使い、人々の傷や病を癒やす。

神術は魔法と一緒くたにされがちではあるが、魔法では人の傷を治すことはできない。怪我《けが》を治療するには魔族であれ、人間であれ、本来なら医者の治療が必要だ。それを不要にする神術は、とても稀有《けう》な秘術と言えるだろう。故に使えるのは聖女だけに限られる。

女神を信仰しない魔族たちにとって、神術は未知の技術だった。神術は、女神を信仰し、祝福されることで得られる力だからだ。傷ついた兵が全快して戦地に戻ってくるのは脅威以外の何物でもなく、魔族の間ではこの神術の存在が忌み嫌われていた。

「大聖女様も合わせると聖女は全部で四人いるんだけど。その中の一人、アルテミスは僕と兄さんの幼馴染《おさななじ》みなんだ」

初耳だった。三人は同い年らしいから、アルテミスは十八歳ということになる。

「彼女は生まれつき光の女神ルースの声を聞くことができる人だった。災害を言い当てたり、大きな事故を見抜いたり。本当に不思議だったな」

「もしかして、ルクスの旅の仲間って……」

「うん、アルテミスだよ。勇者もまた、聖女とは違う形で三女神に祝福された存在だからね。ふさわしい仲間として、同郷のアルテミスが選ばれたんだ。もしかして、ヤミも会ったことあるのかい？」

「私が出会ったのは、ルクス一人だったから……」

勇者ルクスは、仲間を引き連れず単独で私を討ち取りに来た。戦争は勇者一行の出現で人間軍に優勢になったけれど、魔族の将軍たちが守る強固な布陣を突破することは至難の業だ。だから彼は、戦争の混乱に乗じてほぼ暗殺に近い形で私の下に来た。

ルクスは仲間と決別したと言っていた。仲間の死ぬ姿が見たくなかったと。

そこにどういった経緯があったのか、詳しい事情を私は知らない。

「アルテミスはいつこの街にやってくるの？」

「今週中だと思う。大きなパレードを行うみたいだから、一緒に見に行くかい？」

一瞬逡巡《しゅんじゅん》した。女神の祝福を受けた聖女ならば、私が魔王だと気づくかもしれない。いつかはレイに私の正体を打ち明けるべきかもしれないけど、それは少なくとも今ではない。だからこそ、聖女によって正体が明かされることだけは避けねばならない。

ただ、女神の祝福を受けたルクスは、初めて私を見た時とても驚いていた。女神の祝福を受けているからと言って、必ずしも魔王が特定できるわけではないらしい。魔王ヤミの外見や名前が知られてないならば、姿を見られたくらいでバレる心配はないように思える。

どのみち、アルテミスがこの街に来るのだとしたら。

「パレード、見てみたい」

聖女の力を確かめるべきだと、そう思った。

数日後、午前の営業をお休みにして街へ出ることになった。

「すごい人混みだね。油断するとすぐにはぐれそうだ。ヤミ、僕の傍《そば》を離れないでね」

「う、うん……」

トリトの街にはいつもより人通りが多い。街の人たちだけでなく、旅人や行商人までもが聖女を一目見ようと集まっているらしい。

人混みを掻《か》き分《わ》け、何とか聖女が通る大通りが見える場所へとたどり着けた。最前列でなかったのは、むしろ好都合だったかもしれない。ここなら聖女の通り道まで少し距離があるし、人混みに紛れて私が目立つこともない。

「来たよ、ヤミ」

レイの言葉のすぐ後に、大きな歓声が上がった。同時に、その歓声を鎮めるかのようにシャンと澄んだ鈴の音が鳴り響く。

大通りを聖女の一行が通っていた。

行列の真ん中に大きな馬車があり、教会の印が入った修道服に身を包んだ従者たちがその周りを囲む。馬車からは目元を布で隠した女性が顔を出しており、遠目で見ても分かるくらい神聖な雰囲気をまとっていた。

「あれが聖女アルテミスだよ」

不思議なアルテミスの気配に、相手が自分と相反する存在だと直感的に気付いた。アルテミスからは魔力とは異なるエネルギーの存在を感じる。魔王と女神は対象的な位置づけをされることも少なくないが、そこにはちゃんと理由があるらしい。

人々に手を振る聖女アルテミスと、一瞬目が合った。

気付かれたかと思い、心臓が跳ね上がる。

しかしアルテミスは私に目を留めることなく人々を見回すと、あっという間に通り過ぎていった。聖女が通り過ぎると同時に、見物していた人々が散っていく。

「すごい人気だったね」

「この街の出身だからね。皆にとっても誇りなんだよ」

「アルテミスたちはどこに向かったの？」

「領主様の所じゃないかな。凱旋とはいえ立場ある身だから、宿屋に泊まるわけにもいかないしね」

「レイとは幼馴染みなんだよね？　ちょっとくらい合図があっても良さそうだけど」

「この人混みだから見つけられなかったんじゃないかな。それに彼女は英雄だし、僕とは立場も違う。仕方ないよ」

アルテミスについて話すレイは何だか嬉しそうで。

そんな彼の様子に、何故だか胸が燻《くすぶ》った。

夜になり、すっかり人通りがなくなった頃、店を閉めようと入口の看板を取り込んでいると夜闇に紛れて誰かが近づいてくるのが分かった。

「あの、ごめんなさい」

「すみません、今日はもう閉店で――」

言いかけた私は、声を掛けてきた相手を見て思わず黙る。

「客じゃないの。このお店の主人に用があるんです」

目元を布で覆い、教会の白と青の装束を身にまとった女性。

聖女アルテミスが立っていた。

店の中にアルテミスを通すと、工房からレイが出てきて目を丸くする。

「アルテミス！　どうしてここへ……？」

「突然押しかけてごめんなさい。近くまで来たから、あなたの顔を見ようと思って」

「護衛の人は？」

「一人で来たの。領主のハウザー様の家から、こっそり抜け出してね」

アルテミスはイタズラっぽい笑みを浮かべる。目元は布で覆われて見えなかったが、子どものような無邪気さを感じた。レイは思わず苦笑する。

「お転婆なところ変わってないね。でも、大丈夫なの？　一人で夜の街を歩くなんて、もし何かあれば……」

「心配ないわ。人に見られない道は分かるの。直感でね」

「さすがだね」

「レイ、ここに来たのはあなたにルクスの話を伝えたくて。その、ルクスはね――」

口ごもるアルテミスにレイは「いいんだ」と言葉を被せた。

「兄さんは、死んでしまったんだよね」

レイが言うと、アルテミスは驚いた様子を見せた。「知っていたの？」と言いたげな表情。

「私も直接見たわけではないの。でも、女神様の神託でルクスの灯火《ともしび》が消えるのを感じてしまって。今、王都でルクスを捜してもらっているわ。王都から離れた村でルクスの目撃情報があったのだけれど……」

「捜索の必要はない」

私が言うと、アルテミスは私の方へと目を向けた。

「あなたは？」

「初めまして、聖女アルテミス。私はヤミ」

「捜索の必要はないってどういうこと？」

「私がルクスの最期を看取《みと》ったから」

アルテミスが息を呑《の》むのが分かった。

「……詳しい事情を聞いても良いかしら」

「ルクスは私を助けてくれたの。行き場がない私を気にかけて、面倒を見てくれた。でも、ある日突然彼の体調が悪くなって、最期は眠るように死んでしまった……」

聖女に下手なごまかしは利かないだろう。嘘《うそ》をつけば見抜かれる可能性が高い。私は慎重に言葉を選んだ。

「彼を供養した後、私はレイを訪ねて彼が亡くなったことを伝えたの。生前、ルクスから故郷の話は聞いていたから。それで今はここで働かせてもらってる」

話を聞きながら、アルテミスはじっと私に目を向けているのが分かった。内心少し怖かったが、どうにか平静を装う。

すると、アルテミスは悲しげに俯《うつむ》いた。

「やはり、女神様の神託に間違いはなかったのね。ルクス……」

アルテミスは両手で顔を覆う。泣いているようだった。

「アルテミス、大丈夫かい？」

「ええ。ヤミ、辛《つら》い話を思い出させてしまってごめんなさい」

「私は構わない」

彼女はひとしきり涙を流した後、深く息を吐いて呼吸を整えた。

そして不意に気付いたのか、私の右手に嵌《はま》った指輪を見つめる。

「その指輪、ルクスのよね」

「ルクスにもらったの。本当はレイに返そうと思ったんだけど、取れなくなってしまって」

「取れない？　見せてもらってもいいかしら？」

「う、うん……」

私が手を差し出すと、アルテミスは何かを確かめるように私の手を取り、両手で包んだ。

私の中の魔力を感じているのだろうか。もしそうだとしたら、魔王だとすぐに気付かれてしまう。私の持つ魔力は普通の魔族の比ではないからだ。心臓の鼓動が速くなる。

早く手を放してほしいのに、ずいぶん長い時間が経《た》った気がした。

やがて、アルテミスは私の手を解放すると、不思議そうに首を傾《かし》げた。

「指輪に問題はないように見えるけれど、どうして外れないのかしら。難儀なこともあるものね」

何か咎《とが》められるかと思ったが、幸いにもそれ以上追及されることはなく、彼女は興味を移したかのように店内を眺めた。

「それにしても、このお店は変わらないわね。とっても懐かしい」

彼女は柱についた傷を懐かしそうになぞる。

「この柱の傷覚えてる？　昔、三人で背を比べた跡よ」

「そうだったね。アルテミスの背が高くて、僕と兄さんはずっと追いかけてた」

「最終的には、二人に追い抜かれてしまったけれどね」

「遊ぶのも、運動も、いつもアルテミスがトップだったね。あんなにお転婆だったのに、今じゃ立派な聖女様なんだから驚いたよ」

「恥ずかしいわ、そんな昔の話」

空いてしまった時間を埋めるかのように、二人は記憶を辿《たど》って思い出話を語り合う。

席を外そうかとも思ったが、何となく興味があり聞き入ってしまった。

「アルテミスは昔から勘が鋭くて、かくれんぼでもすぐに僕らを見つけてしまうんだ」

「人の気配が何となく分かるの。嫌な気配とか、妙な予感とかも」

「それで教会に？」

私が尋ねると彼女は頷《うなず》く。

「街に大きな嵐が来るって皆に知らせたことがあって。そのお陰で事前に建物を補強して被害を抑えることができたの。噂《うわさ》が広がって、北の神都から声がかかって。両親と共に街を出たのよ」

「おじさんとおばさんは元気かい？」

「神都でピンピンしてるわ」

「良かった。久しぶりに会《あ》いたいな」

「神都に遊びに来れば良いじゃない。きっと喜ぶわよ」

「遊びに行くって言っても、かなり距離があるからなぁ」

彼女は当時十歳にして聖女として女神に仕える身となったそうだ。

ルクスが勇者として認められたのは、それから五年後。

そして、勇者が登場してわずか三年で大陸十年戦争は終わりを迎えた。

「魔王はどうなったのかな」

私は少し探りを入れてみる。アルテミスは特に疑う様子もなく答えた。

「戦いの中で首を切った時、灰になったとルクスは言っていたそうよ」

「そう……」

内心ホッとしていると、アルテミスはさっきとは打って変わって真剣な顔をした。

「でも私は違うと思ってる」

突き刺すような言葉に、冷や汗が流れる。

「魔王の首は戦争を終わらせる象徴だった。持ち帰れば確実に酷《ひど》い扱いをされる。だから
ルクスは魔王の遺体を隠したんじゃないかしら。彼は優しい人だから」

「兄さんならやりそうだね」

良かった、魔王の死について疑いを抱いている訳ではないらしい。

するとアルテミスは、店の時計に目を向けた。

「いけない、もうこんな時間。そろそろ戻らないと。抜け出したことに気付かれてしま

う」

「兄さんのこと教えてくれてありがとう。送ろうか？」

「大丈夫。一人の方が目立たないから」

「じゃあ、気を付けて」

「また来るわね」

アルテミスは私たちに手を振ると、そのまま入口から出ていった。

二人だけになり、レイが私を見てそっと肩をすくめる。

「驚いたね。まさか訪ねてくれると思わなかったから」

「うん。私もビックリした」

アルテミスが出ていった後のドアを私は何気なく眺める。

何故《なぜ》だか、胸騒ぎがした。


アルテミスが滞在する間、トリトの街は彼女の話題で持ちきりだった。街の出身であるアルテミスはトリトの誇りだ。市場に行くと、色んな人がアルテミスの話を聞かせてくれる。

「ヤミちゃん、聖女様のこと知ってるかい？　レイの幼馴染みなんだよ」

「昔からとっても勘が鋭くてねぇ。それは将来大物になると思ったもんさ」

「アルテミス様がルクス兄ちゃんと魔王討伐に出るって聞いて、本当に戦争が終わるかもしれないって思ったんだ」

街の人たちは嬉《うれ》しそうにアルテミスの話をする。よそ者の私に、彼女の魅力を伝えたくて仕方がないのだろう。

ただ、街にアルテミスの話題が広がるに連れ、私はどんどん居心地の悪さを覚えていた。

自分の居場所に得体の知れない何かが侵食するような、嫌な感覚がする。

皆が聖女の話をするからじゃない。

私は心の何処《どこ》かで、アルテミスに対して後ろめたさを感じているんだ。いつ正体を見破られるか分からなくて怯《おび》えている。

だから街が彼女の色に染まっている感覚が、少し怖い。

聖女が街に滞在するのは一週間。この居心地の悪さも一時的なもので、アルテミスが去ればまた街は元に戻ってくれるはずだ。

「少し我慢すればいいだけだよね……」

私は小さく呟《つぶや》いた。

そしてアルテミスが街に来て四日目に、それは起こった。

客が引き、少し暇になった頃。入口のカウベルが店内に鳴り響いた。

「ごめんなさい、良いかしら」

アルテミスだった。昼間から訪ねてくるとは思っておらず面食らう。レイは所用で出かけていて、店にいるのは私一人だった。

「アルテミス。ごめんなさい、レイは今出かけているの」

私が謝罪すると、彼女は小さく首を振った。

「今日はあなたに用事があって来たの」

「私に？」

「これ、あなたにあげようと思って」

アルテミスが懐から取り出したのは、ビーズ状になった鉱石を繋《つな》げたブレスレットだった。深い緑の色彩をもった鉱石は、何故だか妙な魅力を感じさせる。

「聖女の祈りを込めたお守りよ。癒やしを与えてくれるアイドクレースで作ったの。ルクスを看取ってくれたお礼に、あなたに渡したいと思って」

「もらってもいいの？」

「もちろん」

本音を言えば、少しだけ抵抗があった。装飾品はルクスの指輪だけで十分だったし、あまり飾り付けすぎて目立つのも怖かったからだ。それに、聖女が作ったブレスレットなのも不安がある。魔族の私が身につけることで、体調に変化が出るかもしれない。

でも、せっかくアルテミスが作ってくれたのに断れば彼女を傷つけてしまう。素直にもらっておくことにした。

「レイに聞いたわ。あなた、鉱石の力を引き出せるんですって？」

「えっ？」

一瞬聞き間違えかと思った。

「このお店のアクセサリ、つけると幸運になれるって最近とても評判らしいわね。ヤミのお陰だって嬉しそうに話してたの」

「そう、なんだ……」

私が魔法を使えることは内緒にしてほしいとレイには伝えていたはずだ。それに先日の一件以来、レイとアルテミスが会ったという話も聞いていない。一体、いつそんな話を聞いたのだろう。私の知らないところで密会でもしてたのか。

レイが迂闊《うかつ》に人に言いふらすような人ではないことは知っているが、幼馴染みだから話してしまったとしても仕方がない気もする。ただ、もし本当に彼が話したのなら、あまり気分の良い話ではない。

「ねぇ、この鉱石の力を引き出してみて。見てみたいの」

「でも」

「お願い」

アルテミスの妙な圧力に押されて、思わず了承してしまう。真剣に見えるし、少なくとも冗談を言ったり、私を試しているようではなさそうだった。

彼女の前で魔法を使うことは心配だったが、現状魔族であることがバレていないのであれば、魔法を使ったからといって看破される可能性は低いだろう。出力にさえ気をつければ、人間の魔導師だと言っても違和感はないはずだ。

私はブレスレットを持ち、手先に魔力を集めた。集まった魔力をブレスレットに流し込んでいく。

すると、アイドクレースから美しい緑の輝きが解き放たれた。光はしばらくブレスレットを包んだあと、やがて沈むように消えていく。

「できたよ」

「すごいわ。本当に魔法が使えるのね。これは何が変わったの？」

「効果までは分からない。鉱石の力と人の願いが重なった時に初めて分かるから。人によって効果が変わる可能性があるの」

「じゃあつけてもらっても良いかしら？　それとも、術者には効果がなかったりするの？」

「どうだろう……。やったことないから」

私は何気なくブレスレットを手につけてみる。すると、アイドクレースから放たれた輝きが私の全身を包みこんだ。その光を見ていると、何だか心が解放されたような気持ちになる。自分を縛っていたものが消えていくようで、妙に心地が好い。

「どう？」

「何だろう。気分が良い気がする」

「癒やしの力が引き出されて、あなたに働きかけてくれてるのかもしれないわね」

その時、入口のドアが開いてカランカランという音と共にレイが姿を見せた。

「ヤミ、ごめん。すっかりお店任せちゃって」

レイの姿が見えて内心安堵《あんど》する。アルテミスと二人きりは緊張したので、心が緩んだ。

レイはアルテミスが来ているのを見てそっと手を挙げる。

「アルテミス、明るい時間なのによくここまで来られたね」

「今日は街も落ち着いているから来るのは難しくなかったわ。ヤミに私のブレスレットをどうしてもプレゼントしたかったの」

「へぇ、ブレスレット？」

レイはチラリと私の手首を一瞥《いちべつ》する。

「そうだ、実はヤミに質問があって」

「質問？」

私が首を傾《かし》げると、アルテミスはニコリと笑みを浮かべた。

「あなた、魔族なんでしょう？」

アルテミスの言葉に一瞬沈黙が満ちた。

私はヒュッと小さく息を呑《の》み、レイは困惑したように笑みを浮かべる。

「やだなアルテミス。変な冗談言わないでよ」「そうだよ」

レイの言葉に被《かぶ》せるように、自分の口から声が出ていた。

「私は魔族だよ」

「たくさんの人が、あなたのせいで死んだのよね」

「うん。私のせいで、人間も魔族も大勢死んだ」

「ヤミ？」

私は慌てて口を押さえるが、何故か問われたことに勝手に答えてしまう。

誰にも告げなかった、私の秘密。それを口にする度に、妙な心地好さが広がっていた。

自分が正しいことをしているという確信と、心に抱えていたものを伝えることに快楽に近い感覚を覚える。

「ルクスを殺したのも本当はあなたなのよね」

「それは……違う。私じゃない」

「違わない！　あなたのせいでルクスは死んだ！」

「違う！　ルクスは本当に病気で、弱って死んでしまった。どうしようもなかった。ただ――」

違う、聞かないでレイ。

止めたいのに、ずっと心に抱えていたその言葉は勝手に口から溢《あふ》れ出《だ》した。

「私が死んでいれば、ルクスは生きていたかもしれない」

それは、ずっと私の心に引っかかっていた言葉だった。

「私と暮らしていたからルクスは病院に行けなかった。王都や、トリトの街で適切な処置を受けていれば、彼は死なずに済んだかもしれない」

「どうしてルクスは病院に行けなかったの」

「それは、私が魔族で――」

止めなければならない。この言葉だけは絶対に言ってはいけないと、心に誓っていた。

でも、無理だった。永遠にも思える沈黙の後、私は告げてしまった。

その言葉を。

「私が、魔王だから」

私の言葉を聞いて、二人が凄絶な表情を浮かべる。

「ヤミが、魔王？」

「聞いた通りだった……半信半疑だったけれど、やっぱりあなたが魔王だったのね」

アルテミスは私に一歩近づく。

「情報が届けられたの。魔王は生きていて、トリトの街で暮らしてるって。その時教えられた魔王の名前がヤミだった」

アルテミスは私の手を掴《つか》む。

「この店のアクセサリが人の願いを叶《かな》えるって聞いてピンときたわ。あなたが魔法で何かしているんじゃないかって。元々この店は普通のアクセサリしか置いていない店だった。そして調べたら、鉱石に魔法がかけられていた。だから考えたの。ずっと嘘《うそ》をついて生きているあなたが、真実を明かすアイドクレースの力を引き出した時どうなるかって」

アルテミスは歪《ゆが》んだ笑みを浮かべる。

「予想通りあなたは嘘をつけなくなった」

私はずっと、魔王であることを隠して生きていることに後ろめたさを感じていた。

この街での暮らしに慣れていく度に、後ろめたさは大きくなり、膨らんでいた。

それをアイドクレースが、最悪の形で解放したんだ。

私はアルテミスの手を振りほどくと、ブレスレットを外してその場に投げ捨てた。

息が荒くなり、正常な思考でいられない。私はアルテミスを睨《にら》む。

「どうしてこんな酷《ひど》いことを……？　私はもう、誰も傷つけたくないのに」

「酷い？　あなたがしてきたことに比べたら、何も酷いことはないわ。あなたのせいで何千、何万もの人が死んだのよ！」

「それは……」

「ルクスが死んだのもすべて魔王のせい！　あなたがいなければルクスは死ななかった！」

言い返せなかった。私がずっと心に抱えてきた負い目であり、罪だったから。

そんな私を糾弾するために、アルテミスは言葉を紡ぐ。

「ルクスが死んだ原因を教えてあげる。彼は魔王を倒すため、禁忌に手を出したの」

「禁忌？」

「ルクスが手を出したのは『魂《たまそ》削ぎの契約』。天に魂を差し出すことで何十倍もの身体能力を発揮し、代償として寿命が恐ろしい速さで失われる神術の禁忌よ。ルクスは魔王を殺すため自分の命を懸けたの。なのに彼だけが死んであなたは生き残った」

「そんな……」

ずっと疑問だった。なぜ勇者ルクスが単独で私の下にたどり着くことができたのか。女神の祝福を受けたからといって、一人で魔王城の玉座にたどり着けるのだろうかと。

ルクスと暮らしていた時、彼はまるで自分がいなくなるのを分かっているかのような素振りを見せることがあった。私がいずれ一人になることを分かっているように、彼は自分がいなくなった『先』のことを私に告げた。

ルクスは知っていたんだ。自分の寿命が長くないことを。

私を——魔王を殺すために命を懸けたから。

『僕は勇者だ。魔王を殺すためだけにここまできた。なのに、そんな悲しそうな顔をされたら、僕はお前を忘れられなくなってしまう……』

彼が私を生かした時の言葉が、脳裏にフラッシュバックする。

あの時、私にそう言ったルクスはどんな気持ちだったんだろう。

私はルクスと会った時、目の前に光が現れたように思えて、救われた気がしていた。

私だけが……ただ一方的に救われていた。

「ヤミ、今の話は本当なの？」

レイが尋ねてくる。顔を、まともに見ることができない。

私は震えながら、小さく頷《うなず》いた。

「君が魔王軍を率いた魔王なの？」

肯定。

「君がたくさんの人を——僕の父さんと母さんを殺したの？」

違うと言えたら良かった。でも、言えなかった。

私が何もしなかったせいで、人も魔族も、たくさん死んだ。

「ごめん、ごめんなさい……」

私はただ、震える声で謝罪の言葉を述べることしかできなかった。

分かっていた。ずっと忘れないように考え続けていた。でも、この街での暮らしが——レイとの生活が楽しくて、私はいつしか未来のことを考えるようになった。

私がいなければルクスは死なずに済んだ。レイとルクスの両親も死ななかった。

私がいなければ、皆幸せになれたのに。

動揺して魔法を保てず、人間の姿だった外見が本来の魔族の姿に戻っていく。

銀髪で、赤い瞳で、尖《とが》った耳。頭からは、魔族特有の二本の短い角が生えている。

この姿を見られた以上、もうここでは暮らせない。

「嫌だよ……」

その時、パンとガラスが砕けたような音が手元から響いた。

勇者の指輪の鉱石にヒビが入っている。

驚いて目を見開くと同時に、鉱石は粉々に砕け散ってしまった。その途端、指輪が指をすり抜けて床へと落ちる。あれほど取れなかったのに、いとも簡単に指輪は外れた。

私は咄嗟《とっさ》に入口へと走る。入口のドアに手をかけた時。

「待って！　ヤミ！」

レイに呼ばれ、一瞬振り返った。私を見つめるレイと、目元の布を取り憎悪と憤怒《ふんぬ》に塗《まみ》れた目を私に向けるアルテミスが視界に入る。

「私はあなたを許さない、地の果てまであなたを追い詰める」

その言葉から逃れるように私は店を出た。

俯《うつむ》いて、誰にもバレないことを祈りながら街の外へと走り出す。

「ごめんなさい……ごめんなさい……」

私は懺悔《ざんげ》の言葉を口にしながら、ただひたすらトリトの街を駆け抜けた。

走っていると視界が滲《にじ》んでくる。涙が溢れていた。溢れて止まらない。どれだけ泣いても、止まる気配がない。

街外れまで来て振り返ると、誰も私を追いかけてくる様子は無かった。

私は跪《ひざまず》き、涙をこぼす。自分が何に対して泣いているのかも分からなかった。申し訳なくて泣いているのか、悲しくて泣いているのか、苦しくて泣いているのか。

ただ、止め処《ど》なく涙は溢れ続けた。

苦しい。どうしてこんなに胸が苦しいんだ。塞がりつつあった胸の穴が、また広がった気がした。心に灯《とも》った明かりが再び消えてしまった気がする。

ルクスが私の手を取ったように、誰かが私の手を取ってくれることを期待した。

でも、もう誰も私の手を取る人はいなかった。

第6話　聖女のネックレス

ふらふらと歩き、やがて街の外に出た。今まであれだけ頑張っても出られなかったトリトの街からは、いとも簡単に出ることができた。

街を出て初めて、私は自分を街に留《とど》めていたものがルクスのくれた勇者の指輪だったのだと気が付いた。

勇者の指輪に嵌《はま》っているアイオライトが持つ意味は『人生の道標』だとレイは言っていた。

あの指輪は、私を導いていたのではないだろうか。

じゃあどうして突然鉱石が砕けてしまったのだろう。指輪が手から外れなかったのも鉱石の力だったと理解できるが、鉱石が砕けた理由だけがどうしても分からない。

誰もいない草原を歩きながら、膨大な時間を前に私はただ一人考え、思い至る。

きっとあの指輪は、もう私を導く意味を見失ったんだ。役目を失い、だから砕けた。

トリトの街にいられなくなった私に、もう導く価値はなくなったのだろう。

つまり、ルクスの遺骨を届け、トリトの街を出るという本来の目的も達成した今の私に生きている意味はないんだ。そうだ、トリトの街で生活する前に戻るだけだ。私は誰もいないところに行って一人で死ねば良《い》い。ルクスに会えることだけを願い、そして死んでいった多くの人間や魔族に謝罪しながら私は死ぬ。魔王にふさわしい末路だと思った。

『生きろ』

……まただ。また、彼の声が聞こえる。

私が死ぬことを許さない呪いの言葉。

そしてルクスが最期に私に遺《のこ》してくれた、かけがえのない言葉。

私はその言葉を無視することができない。

「……会いたいよ」

その言葉がポロリとこぼれ落ちるように口から出た。

言葉と同時に浮かんだのは、ルクスの顔と――

「レイ……」

いつの間にか、私の脳裏にはレイが浮かぶようになっていた。

最後に見た彼の顔はよく覚えている。彼の瞳には憎しみではなく、悲しみが浮かんで見えた。いつも笑顔で優しい言葉をかけてくれた彼がそんな顔をするのは見たくなかった。

もう一度だけでもちゃんと話したい。

逃げるように街を飛び出したにもかかわらず、そう思っている自分がいた。

「私は最低だ……」

歩いているとやがて日が暮れてきた。夕暮れの空には星が浮かんでいる。山も海も集落もなく、視界にはただ一面の草原が広がっていた。遠くに生えている樹《き》が逆光を浴びて鮮明なシルエットとなる。

私は一体どこに向かっているんだろう。死ねないのであれば、これからどうするか決めなければならない。

行く当てがあるとすればイグナーツが向かった北側の魔族領地だ。魔族軍四将のシルビアはイグナーツと同じ父の理解者だった。訪ねればきっと私を匿《かくま》ってくれる。

でも、そうまでして生きてどうするのだろう。

魔族の下に逃げ込んで、生きながらえて、その先で私はどうしたいんだ。

「……疲れた」

もうどうでもいいか。私が関わることで誰かが傷つき、そして死ぬという選択ができないのであれば、誰とも関わらなければ良い。このまま一人で孤独に生きるのも悪くないかもしれない。

すると、背後から馬の足音が近づいてきた。同時にガタガタと荷車が揺れる音。

荷馬車に乗った誰かが近づいて来たのだろう。

避《よ》けるように道の端に寄ると、私のすぐ横で馬は止まった。

「ちょいと、あんた」

声をかけられる。外套《がいとう》のフードを目深に被《かぶ》ったガタイの良い女性だった。

追手かと思ったが、武器の類は見当たらない。

「こんなところで何やってんだい。女の子が一人で歩く時間じゃないよ」

「私は……」

すると、何かに気付いたように相手は私の姿を眺めた。

「あんた、魔族かい？」

女性の視線を辿《たど》って頭の上に手をやると角に触れた。しまった、今の私には魔法がかかっていない。魔族としての本来の姿のままで、人間の領土を歩いてしまっていた。

兵を呼ばれ、囚《とら》われてしまうだろうか。静かに覚悟を決めた時——

「もしかして……魔王ヤミ様かい？」

女性は私の名を呼んだ。自分を知る人物がいると思わず、反応が遅れる。

すると女性は「あたしだよ」とフードを外し、その姿を露《あら》わにした。

真っ赤な髪、広い肩幅に、私と同じ尖った耳と角。

魔王軍四将の一人、ガーネットだった。

目が合うとガーネットは「やっぱりそうだ」と笑みを浮かべた。

「驚いたよ。まさか勇者に討ち取られたはずの魔王様が生きてるだなんて」

「ガーネット、どうして……？　討ち死にしたって聞いたのに」

「部下は半分以上死んだから状況的にそう判断されたんだろう。死に物狂いで戦い続けて、どうにか生き延びたんだよ。助けてくれた奴がいて、今はそいつの下で暮らしてる。魔王様こそ、こんな場所で何やってんだい？」

どう答えたものか迷い、私は俯《うつむ》く。すると彼女は何か察したようにふっと笑った。

「とりあえず乗んなよ。どこかに向かってるって訳でもないんだろ？」

ガーネットの隣に座り、荷車に揺られながら草原を進んだ。

温かい風が吹き、妙に心地が好い。私の心は沈んでいるのに、世界が優しく見えた。

「どこに向かっているの？」

「私のねぐらだよ。さっき言ったろう？　私を助けてくれた奴と暮らしてるって」

「私も行っていいの？」

「ダメってことはないさ。心配しなくて良い」

慣れた調子で馬を操るガーネットを、チラリと横目に見る。

ガーネットは魔王に仕えていた四人の将軍の中の一人だ。腕っぷしが強く、情に厚い姐《あね》御肌《ごはだ》で、部下の面倒見が良かったことを覚えている。でも私とはそれほど深い交流はない。

将軍の中で私と直接会話するのは主に宰相のゾールだった。

「城でのこと、悪かったね」

彼女はポツリと言う。

「あんたが孤立してると知りながら何もしなかった。あまつさえ敗北し、主君が殺されようとしているのに自分だけおめおめ生き残っちまってる。将軍として恥ずべき存在だ。本来ならこの場で首を切られてもおかしくない」

「別に気にしてない……。私が孤立してたのは、私のせいだよ。戦争に負けたのも私のせい。私が魔王として前線に立っていたら、きっと魔族は負けていなかった」

「思ってもないこと言うんじゃないよ。あんたに殺しは無理だ」

図星だった。戦争が激化したことを後悔していても、負けたことを後悔していない。

私は、多くの死者を出したことが苦しかったんだ。

私が黙ると、ガーネットはポンと私の背中に手を当てる。

「でも、久々に会って驚いたよ」

「どうして?」

「先代が死んでからまるで人形のように虚《うつ》ろだったあんたの瞳に、すっかり命の灯火《ともしび》が宿ってるからさ」

「そうかな……」

「もっとも、表情はかなり陰ってるけどね」

見抜かれているな、と思う。

命の灯火。

以前ならきっとその言葉の意味が分からなかっただろう。でも今の私には、何となく理解できる気がした。

死んでいるも同然だった私にルクスは生きろと言った。彼の最期の言葉が、私の生きる意味となり、目的となった。それが命の灯火だというのであれば、そうなのかもしれない。

「で、魔王様は――」

「その呼び方はやめて。私はもう、魔王で居たくない」

するとガーネットはあっはっはと豪快に笑った。

「じゃあ、ヤミって呼ぼうじゃないか。それならいいだろう？　ヤミはどうやって生き延びたんだい？　魔王は勇者ルクスに討ち取られたって話だったはずだけど」

「ルクスが助けてくれたの」

「何だって？」

私はこれまでの経緯をガーネットに説明した。

勇者ルクスが魔王を死んだことにしてくれたこと。

ルクスが死に、その弟のレイの下で暮らしたこと。

聖女アルテミスに正体を知られて逃げ出してきたこと。

私が話す間、ガーネットは黙って耳を傾けてくれていた。

「なるほど、勇者ルクスがねぇ……。確かにあいつはいい男だね」

「知ってるの？」

「戦場で何度か相まみえてる。強敵だったが、信念を貫く奴だったよ。あいつほどの男があんたを生かしたんだ。きっとあいつも、あんたの中に何か感じたんだろうね」

「『あいつも』って？」

「あたしもあんたは生きるべきだと思ってた。あんたは椅子に座ってるだけのお姫様だったからね。あのまま死んだんじゃ、あまりに哀れだ」

ガーネットはそう言うと、どこか寂しげな表情を浮かべる。

「そうか、あんたにちゃんと命を吹き込むことができたのは、同じ魔族じゃなくて宿敵の勇者ルクスだったんだね」

家族を失い魔王の席に座らされた時、私はただ怖かった。誰も彼もが敵に見えて、心を閉ざした。唯一の味方だったイグナーツを傷つけてしまい、私は魔王の力で傷つく者が出ないよう、誰かと関わるのを避けるようにもなった。

私は孤独でいるべきだとどこかで思っていた。

そんな私が変わったのは、きっとルクスのおかげなんだ。

いや、ルクスだけじゃない。

ルクスが生んだ灯火が消えかかった時、それをもう一度灯《とも》してくれた人がいた。

工房で真剣な表情でタガネを打つレイの横顔が、ふと脳裏によぎった。


ガーネットに連れられて着いたのは、人間国と魔族国の境界線上にある集落だった。

広大な土地を支配する人間国と魔族国の間には明確な城壁や関門のようなものは存在しない。その代わり、治安が不安定なことから、こうした国境沿いの地域には近づかないのが常識となっている。そんな場所で暮らすとしたら、訳ありであることは想像に難くない。

私とルクスが隠れ住んだのも、国境沿いの山の中だった。

集落では木や石を用いた簡易的な造りの家が多かった。自然とできた集落なのだろう。

「ここがあたしのねぐらだよ」

「たくさん住民がいるね」

すでに夜になっていたが、集落の所々で火が焚《た》かれており、比較的明るい。

焚き火の傍《そば》では、住民たちが集まって談笑していた。

「魔族がこんなに集まってるなんて……」

「ここに居るのは魔族だけじゃないよ。見てみな」

ガーネットに促され目を向けると、確かに魔族の特徴が見られない住民が見えた。というよりも、あれは――

「ここではね、戦争で行き場を失った人間と魔族が暮らしてるのさ」

「人間と、魔族が？」

魔族が人に姿を変えるには優れた魔法の技術が求められる。誰もができることではないから、彼らは人に化けた魔族ではなく、正真正銘の人間なのだろう。眼《め》の前《まえ》の光景も、よく見れば魔族と人間が談笑している異様な状況だと気が付いた。

「人と魔族が一緒に暮らせるなんて……」

「最初は諍《いさか》いばかりだったけれどね。でもお互いに行き場がないから、助け合って暮らさなきゃならなかった。そうしているうちに、自然と打ち解けたのさ」

戦争は終わったが、今も人間と魔族の間では各地で紛争が起こっている。魔族の残党が魔族国を占領しようとする人間たちと争っているのだ。

こんな風に集落を作って人間と暮らしている魔族がいるだなんて、想像もしなかった。

「ここだけじゃない。近くの村で畑を営んでいる人間もいて、あたしはそこで力仕事をして食料を分けてもらってる」

ガーネットは荷台に載った食料をポンポンと叩《たた》く。一日働いて得た報酬らしい。

「その人間たちは、魔族を受け入れてくれているの？」

「当然。あたしはあんたと違って外見を人間に見せることはできないからね。最初はもちろん警戒されたさ。でも話せば意外と分かってくれる。きっかけが一つあれば、分かり合うのは難しくないよ」

　するとガーネットはある家の前で馬を止めた。木で作られた小さな家で、中から灯《あか》りが漏れている。ここが彼女の住処《すみか》らしい。

「戻ったよ」

　ガーネットがドアを開くと、小さな影が彼女に走り寄ってきた。

　金色の髪を肩まで伸ばした人間の女の子だ。

「おかえり、ガーネット」

「一人でちゃんと留守番できたかい？」

「うん」

　女の子はガーネットに抱きつくと、後ろに立っていた私に気が付く。

「この人は？」

「ヤミっていうんだ。あたしの知り合いさ。偶然再会できたんだ」

「こんばんは」

　私が挨拶すると、少女は少しだけ距離を取る。その姿を見てガーネットは苦笑した。

「新しい魔族に慣れてないいんだ。人見知りもある。気にすることないよ」

「大丈夫、平気」

荷台から荷物を降ろして中へと運ぶと、ようやく一息つけた。

ガーネットが調理し、スープを作ってくれる。

「兎肉《うさぎにく》と野菜のスープだ。塩で簡単に味付けした程度だが、見た目より美味《うま》いよ」

良《い》い香りに釣られてスープを口に運ぶ。温かくて優しい味が体に染み渡るような気がした。兎肉はよく火が通っており柔らかく味が深い。脂が少ないから、疲弊した体に優しい。柔らかくなった野菜の味と調和する。

何となく、初めてレイと出会った時のことを思い出した。

あの時も温かいスープを口にした。

レイのことを考えていると、ポロポロと涙が溢《あふ》れた。袖で涙を拭う。

そんな私を少女は不思議そうに眺め、ガーネットは優しい笑みを向けた。

「ゆっくり食べな。辛《つら》い時は心が冷えてる。その涙は温かい物を食べて溶けた心の氷だよ」

「……うん」

食事を進めると、どうにか気持ちが落ち着いた。

私の横では少女が美味《おい》しそうにスープを飲んでいる。

「そういえば、あなたの名前は？」

「ニーナ」

少女は答える。

「ガーネットを助けてくれた人って、ひょっとしてニーナなの？」

「そうだよ。戦場で深手を負って死にかけたあたしをニーナが匿《かくま》って治療したんだ。止血して、森の木の実や薬草を取ってきてくれて、ギリギリのところで生き延びた」

「ニーナの家族は？」

「戦争で死んでる。魔族に殺されたんだ」

ガーネットはそっとニーナの頭を撫《な》でる。

「馬鹿だよね。仇《かたき》である魔族を助けるだなんて」

「家族を殺したのはガーネットじゃないから」

その言葉にハッとした。ニーナは種族で見ていない。相手で判断しているんだ。

「魔族が怖くはないの？」

私が尋ねると、ニーナは「うん」と言った。

「人間にも悪い人、たくさんいるから」

「私も最初は人間と暮らすことにためらいがあったんだけどね。ニーナと会って思ったんだよ。種族じゃなくて個人として向き合うことが大切なんじゃないかって」

「個人として……」

「いつかあたしも、過去の罪を問われて殺されるかもしれない。でもニーナのことは守りたいと思ってる。種族なんて関係なくね」

何となく分かる気がした。私もルクスやレイと一緒にいた時間は、確かに種族を忘れることができたから。

「私もガーネットとニーナみたいに、人間と一緒にいることができるのかな」

「そりゃあ、あんた次第じゃないかい。お姫様」

ガーネットは笑みを浮かべた。

＊＊＊

「──アルテミス様、以上がご報告となります」

トリトの街の領主の屋敷《やしき》にて、私は従者の話を聞きながら何気なく考えごとをしていた。

ボーッとしている私に「アルテミス様？」と相手が首を傾《かし》げる。その姿を見てハッと意識を取り戻した。

「お疲れのご様子ですけど、大丈夫ですか？」

「ごめんなさい。ありがとう。下がっていいわ」

「どうかご無理なさらないでくださいね。では、失礼します」

従者が部屋から出ていくのを見て、フッと一息つく。

数日前に魔王ヤミを追放してから、近辺を捜索させていた。だが、依然として彼女が見つかった様子はない。きっともう、街から離れてしまったのだろう。

「簡単に逃がすものですか……」

魔王にはただの死では足らない。この世から居場所をなくし、そして全てに絶望して最期を迎えるのがふさわしい。そのためなら、何だってする。

魔王は私の大切な人の命と、心を……奪ったのだから。


勇者ルクス、聖女アルテミス、魔導師トバリ、戦士ロキ。

私たち四人は、三女神より認められし存在だった。

魔族と戦う光として選出され、旅の仲間としてパーティーを組み、幾度となく魔族に立ち向かい死地を乗り越えてきた。王都リディアの軍勢が敵《かな》わなかった魔王軍も、私たちが揃《そろ》えば勝利をもたらすことができた。

幼馴染《おさななじ》みのルクスと私は元々仲が良かったが、トバリとロキは中々の曲者《くせもの》だった。パーティーは最初折り合いが悪く、特にルクスとは何度もぶつかった。

でも、その度にルクスは彼らと向き合い絆《きずな》を深めていった。

私たちは最高の旅の仲間だったはずだ。

そんな私たちにルクスが別れを告げたのは、最後の戦いとなる前日の夜だった。

「明日、魔王と対面することになる。恐らく最終決戦になるだろう」

静まり返った森の中、焚き火に照らされてルクスは私たちに言った。

「魔王軍の将軍ガーネットを倒し、魔王の軍勢は混乱状態だ。この隙をつかない手はない。各都市の連合軍と協力し、明日魔族へ一斉攻勢に出る。皆は連合軍と協力して戦況を導いてほしい」

「導いてほしいって、お前はどうするんだよ。俺たちにだけ働かせて休む気じゃないだろうな」

最年長のロキが茶化す。

ロキは二十五歳にして王都リディアの兵長になった男だ。私たちのムードメーカー的な存在で、いつもふざけているように見えるため実力の割に出世が遅い。でも彼が戦場に出ると、不思議と死傷者は最小限に収まった。頭の回転が早く、冷静に周囲を観察し対処する能力に長《た》ける。

そんな彼がこうして茶化した物言いをするのは、ルクスからいつになく真面目な雰囲気を感じたからだろう。

ロキの質問にペースを崩すことなく、ルクスは神妙な顔で頷《うなず》く。

「僕は単独で魔王城に忍び込み、魔王を討ち取る」

「馬鹿言わないでよ。一人で行けるわけないでしょ」

「そうよ、一人は危険よ」

トバリに私も賛同した。

トバリは十四歳の男の子で、大賢者ホークスの孫だ。ホークスの持つ技術をすべて受け継いだ若き天才。人間の中では間違いなく指三本に入る魔法の実力者だ。だが口が悪く、彼は歳上《としうえ》の私たちにも物怖《ものお》じせずにものを言う。

トバリと私が反対してもなお、ルクスは考えを曲げることはなかった。

「一人だからできるんだ。仲間がいたら、きっと皆死んでしまう」

「俺たちは足手まといってことか？」

ロキの言葉にルクスは黙った。その沈黙は、肯定を意味する。

でも、誰も否定できなかった。

今の私たちでは、三人がかりでもルクスの足元にも及ばないからだ。

魔族の領土へ入った時、激戦の最中で追い込まれた私たちを救うため、ルクスは禁忌である『魂削《たまそ》ぎの契約』に手を出した。彼がその契約に手を出していなければ、私たちは今頃全滅していただろう。

普通に考えたら魔王の単独攻略など不可能だ。

しかし『魂削ぎの契約』で人間も魔族も凌駕《りょうが》した今のルクスなら、それが可能となる。

魔王城の戦力を戦地へと集中させれば、魔王の警護は手薄になるはず。その隙をつきたいとルクスは言うのだ。

魔王は魔族にとって信仰の対象である。彼らにとってこれは現存する神を護《まも》る宗教戦争だ。それ故に魔族の結束は固い。魔王の存在が魔王軍をより強力なものにしていた。

しかし逆を言えば、魔王さえ討ち取ってしまえば魔王軍は実質的に戦う名目を失い、崩壊する。少なくとも、大半の魔族を無力化させることができるだろう。

もう十年以上魔王は公《おおやけ》の場に姿を見せていない。病などで姿を見せられない状況というのが私たちの見立てだ。故に魔族たちの魔王への信仰心も揺らいでいる。

魔王を討ち取るタイミングは今しかなかった。

人間側の連合軍の一斉攻撃と、勇者による魔王の暗殺。

その同時戦略の実施こそが、この戦争を終わらせる唯一の手段にして最大のチャンスだ。

禁忌に手を出した今、ルクスに残された時間は少ない。儀式を行ったのは他ならぬ私だ。

「私も行くわ」

私はルクスに言った。彼だけを危険な目に遭わせたくない。

しかし、言葉とは裏腹に私の体は震えていた。魔王城に乗り込めば、今までの比じゃないくらい強力な魔族に囲まれるだろう。生きて帰れる可能性は限りなく低い。怖くないはずがなかった。

私の震える手を見て、ルクスは私の肩に手を置く。

「アルテミス、君は二人と一緒に連合軍を導いてほしい。勇者パーティーが戦場に立つことで兵士を鼓舞し、魔族たちの意識も分散できる」

「でも……」

「大丈夫、きっと戻ってくるよ」

ルクスはそう言うと、にこりと笑みを浮かべた。子供の頃から何度も見てきた、優しい笑顔。その笑顔に、何度も救われてきた。

きっと全員分かっていた。仲間がいるとルクスは私たちを庇《かば》ってしまう。私たちはすでに足枷《あしかせ》なのだと。勇者ルクスは今や単身の方が強いのだ。

私たちはルクスの提案を呑むしかなかった。

翌日、夜明け前に旅立つルクスを私たちは見送る。

「行っちまったなぁ」

「馬鹿だよ、本当に。あんな危険な契約に手を出してさ……」

「でも、彼が契約に手を出さなければ、私たちはここにいなかった」

私が言うと、トバリは悔しそうに唇を噛《か》んだ。

私たちは、自分たちの弱さを呪った。

ルクスを一人死地へと向かわせてしまったことに負い目を感じていた。

しかし、ルクスは無事に役目を終えて生還してみせた。魔王を討ち取り、魔王城に女神を象徴する旗を立てたのだ。それは、魔王が討ち取られたことを証明するには十分だった。

「ルクス、魔王の首は落とさなかったのか」

「奴との戦いは熾烈《しれつ》を極めました。首を落とした時、その肉体もろとも灰になったのです」

「そうか……。無理もないな」

国王にルクスはそのように報告していた。

その場にいた誰もが信じていたが、私だけは信じなかった。

誰かを殺した時、ルクスはいつも沈んだ顔をする。相手がたとえ魔族だとしても、彼は命を奪うことにずっと抵抗を覚えていた。

その彼が、妙に清々《すがすが》しい表情をしている。

誰もが魔王を討ち取ったからだと理解したが、私だけは違うと思っていた。

ルクスは魔王を見逃した可能性がある。

そう感じていた。

ルクスを失った悔しさは、今も私の心に消えない炎として燃えている。

まだ一年と経《た》っていないのに、もうずいぶんと前のことに感じた。

でも、この心の炎を絶やすつもりはない。魔王の首に手をかけるその日までは。

ルクスが『魂削ぎの契約』に手を出したのは、すべて魔王のせいだ。

魔王がいなければ戦争は起こらず、ルクスも禁忌に手を染めずに死ななかった。私やルクスの両親も生きていて、彼は今もこのトリトの街でレイと暮らしていたはずだ。

そうすれば、私も彼と今頃は……。

考えていると、部屋の入口が不意にノックされた。また従者だろうか。

「どうぞ」

私が声をかけると、姿を見せたのは見覚えのない男だった。

「失礼します。領主様から伝言を預かりましたのでお伝えに参りました」

「……下手な芝居はやめてくれないかしら？」

私が言うと、男はニッと顔を不気味に歪《ゆが》める。

「やはり聖女様は騙《だま》せませんね」

そうして男は姿を変えた。

丸メガネの奥に怪しく光る赤い瞳。尖《とが》った耳と角は人間のそれではない。

魔王軍四将の一人にして宰相、ゾールがそこにいた。

「外に教会の見張りがいたはずだけれど、どうやって騙したのかしら」

「少し魔法で幻覚を見せているだけですよ。今度から警護にはもう少し魔法に耐性のある方を選んだ方が良《い》い」

「それで、目的通り復讐《ふくしゅう》は果たせましたか？」

「ええ。あなたの情報のおかげでね」

魔王ヤミの生存を私に教えたのはゾールだった。彼は魔王が生存している可能性を私に伝え、そして私の復讐に協力することを申し出た。最初はもちろん魔族の話など信じていなかったが、彼が告げる情報はことごとく真実だった。

何が狙いかは分からないが、ゾールには利用価値がある。

そう判断した私は、彼と協力関係を結ぶことにした。

「でも本当に良かったの？　魔王はあなたたちにとって神様なんでしょう？」

「魔王様が生きていては、人間にも魔族にも平穏が訪れることはありません。生き延びていると分かれば、魔族は再び軍を興すでしょう。私はただ、平和な世の中を望んでいるだけですよ」

「ならさっさと殺してしまえばいいじゃない。私は未《いま》だにあの子が魔王だというのが信じられないわ。私が復讐するより、あなたが直接手を下した方が早いんじゃない？」

「御冗談を」

貼り付けたような笑みを浮かべていたゾールは、不意に真顔に戻る。

「私が万の軍勢を集めたとしても、あのお方には敵いませんよ」

「……考えておくわ」

その言葉が嘘《うそ》偽りでないのを感じ、私は唾を飲み込んだ。

「それに、あのお方は精神的にはまだまだ未熟です。直接的な武力より、あなたのように居場所を奪うやり方の方がずっと効果的でしょう」

「なら良いわ。もっともっと追い詰めてやる……」

私が拳を握りしめていると、ゾールは何かを懐から取り出し、机の上に置いた。

「今日はあなたにこちらをお持ちしたのです。どうぞお使いください」

載っていたのはシルバーのネックレスだった。真ん中にダークレッドの鉱石が飾られている。シンプルだが、どこか不気味さを感じた。お世辞にも趣味が良いものとは思えない。

「これは？」

「見ての通りネックレスですよ。魔族の領土で採れる特別な鉱石を用いています。魔鉱石ですが、女神の力にも有用なはずだ。試しに触れてご覧なさい」

私は訝《いぶか》しみながらも、恐る恐る鉱石に触れる。

すると内側から力が溢《あふ》れ出《で》るような感覚を覚えた。

「すごい……力が溢れ出《だ》してくる」

「そうでしょう」

ゾールはどこか満足気に笑みを浮かべる。不気味な笑みだ。

「このネックレスを使えば、あなたの聖女としての力はより高まります。感覚も優れ、魔王様の居場所もすぐに摑《つか》めるはずです」

「助かるわ、あなたみたいな友好的な魔族がいてくれて」

「いえ。私はただ戦争が二度と起こってほしくないですから。魔王様に力を使わせずに破滅させられるなら、それで構いません」

「そうね」

「では、私はこれで」

ゾールはそう言うと部屋を出ていった。足音が遠ざかり、私はため息をつく。

でも、立場上自由に動くことができない自分にとって、あの男の協力は不可欠だ。

「気味の悪い男ね……」

私は渡されたネックレスをジッと眺める。怪しく輝く魔鉱石は妙に魅力的で、見ていると意識を吞まれそうな気がした。

「このネックレスで、魔王の居場所が……」

私は恐る恐るネックレスをつけてみる。

すると、ドクンと心臓が鼓動した。体が熱くなり、思わずその場にうずくまる。

体の全身から力が湧き上がっている。いや、湧き上がりすぎている。

内側から力が溢れ、止めることができない。体が壊れそうだ。どんどん熱を帯びている。

「うぐっ！　だ、誰か……」

耐えきれなくなり私は倒れた。

苦しい。自分が自分じゃなくなっていく。意識が遠くなる。

…………。

「アァァァァァ！」

不意に叫び声が聞こえて目が覚める。酷い声だった。まるで魔物だ。

それが自分の叫び声なのだと気が付くのに、しばらく時間がかかった。

手も、足も、体も。気がつけば、私の体は人間ではなくなっていた。

体が不自然に肥大化し、爪は鋭く、何本も手足が生えている。破壊衝動に耐えきれず腕を振り回すと、まるでチーズでも切るかのようにいとも簡単に天井が崩れた。瓦礫《がれき》を握りしめると、瞬時にして粉々になる。どう見ても人間の力ではない。

異形の肉体から生えた私の首には、怪しく輝くネックレスが煌《きら》めいていた。

ネックレスに操られるように、私の体は街へと向かう。

どこか遠くで、誰かの笑い声が聞こえた。

＊＊＊

ガーネットと共に集落で暮らして数日が経った。

収穫した野菜を荷台に載せ、額に流れる汗を拭う。これらを農家へと届けると、お礼にいくらかの食料を受け取ることができる。大半が売り物にならないような傷だらけの野菜だが、それでも私たちにとっては立派な食料だ。

こうした農作業や、牧畜の手伝いをするのが今のガーネットの暮らしらしい。

集落でも作物を育てているが、収穫できるのはまだ当分先なのだそうだ。

「お疲れヤミ。ここらの作業はこれで終わりだよ」

「分かった」

あからさまに疲れている私を見て、ガーネットは呆れたように肩を竦《すく》めた。

「あんたまでこんな肉体労働をすることないのにさ。あんただったら魔法でちゃちゃっと解決できるだろう？」

「そうだけど、知っておきたいの」

「知っておきたいって、何をだい？」

「人間がどんな風に暮らすのかを」

レイと生活していた時、私は人間と魔族の暮らしがずいぶん異なるのだと知った。

光や水や火、農作業から商売に至るまで、魔族はその大半に魔法を駆使する。

だが魔法が使えない人間は、様々な器具を生み出して工夫して暮らしていた。人間の暮

「ふぅ……」

らしは魔族より不便だったけれど、魔族よりずっと技術的に卓越して、魔族の生活にはない豊かさや趣《おもむ》きがあった。

人間と魔族には文明や文化に大きな違いがあり、それ故に価値観や考え方も異なる。

だから、私はもっと人間を知るべきだと思った。人間の暮らしに触れ、人間の考え方を知り、そしていつかは……。

脳裏にレイとの生活が思い起こされる。

こんな状況になってもまだ、私はあの街に戻りたいと思っていた。

「ここの暮らしには慣れたかい？」

「少しだけ」

「そりゃよかった」

「でも、私が魔王だって誰も気付かないね」

「先代が死んでから、魔王ヤミの姿はおろか、名前すら公表されてないからね。そうでなければ、魔王が死んだなんて嘘が魔族にまで浸透したりはしないよ」

私が魔王として表舞台に立たされなかったのは、人間との均衡を保つためという政略的な側面があったのだろう。恐怖と武力の象徴たる魔王が小さな女の子では、間違いなく魔族の統率は揺らぎ、人間との均衡も崩れると判断されたのだ。

魔族は魔王が大人に成長するまで待つ必要があった。

『お姫様を戦場に立たせちゃダメだ。あの子は人を殺すようにできていない』

『魔王様は魔族にとって絶対的な象徴でなければならないのです。もっと威厳を持っていただかねば』

『今の魔王に国を背負わすのは重すぎる。政治的な交渉は無理だろう。ならば我らが担うしかない』

『神様は見えないから神様なんだよねー。人前に立たない方が良いでしょ』

四将たちはそれぞれ別の見解から、魔王を隠すことを決断したそうだ。

私は籠の中の鳥で、本当に何も知らされていなかったのだと今になって知った。

「ねぇ、ガーネット」

「何だい？」

「人間と魔族が分かり合う時代なんて来るのかな」

「どうだろうね。すべてをなかったことにはできない。ニーナのように家族を魔族に殺された奴もいれば、その逆だっている。でも、少なくともあたしは人間だからって嫌うことはなくなったよ」

確かに、魔王城にいた時のガーネットは闘争心が激しく、人間に対してもっと敵愾心《てきがい》があった。でも今は戦火を広げたことを悔やんでいるように見える。

ニーナとの出会いが、彼女を変えたんだ。

レイは私が魔族だと知ってどう思ったのだろう。

家族の仇《かたき》として殺したいと思っただろうか。

もしレイがそれを望むなら、受け入れても良《い》いかもしれない。

けれど許されるなら、またレイと前みたいに暮らしたいと思っている自分がいる。

考えていると、ガーネットが「なぁ」と声をかけてきた。

「お姫様。あんたさえよけりゃ、ここでずっと暮らしても――」

ガーネットが何か言おうとした時、前方に人だかりが見えた。

「何だか騒がしいねぇ」

「行ってみよう」

私たちが近づくと、人混みの中で男性が叫んでいた。

息を切らして、かなり切羽詰まった様子だ。

「だから、早く逃げた方が良いって！　化け物が出たんだ！　俺は見たんだ！」

「そうはいっても、突然だしなぁ」

「このままじゃここもやられるぞ！」

私とガーネットは顔を見合わせ、男性へと近づく。

「その化け物ってのはどこに出たんだい？」

「トリトの街だよ！　間違いない、ありゃ魔物だ！」

トリトの街、という言葉に心臓が止まりそうになる。

「魔物って、魔族の仕業じゃないのか」

周囲の人間たちの視線が私たちに集まった。唐突な疑いの視線に、ガーネットがムッとする。

「いい加減なこと言うんじゃないよ！　魔族だって魔物を使役したりなんかしない！」

「実際街が襲われてるじゃないか。あんたが魔族だから、同胞を庇《かば》ってるんだろう」

「証拠もないのに魔族の仕業と決めつけんじゃないよ！」

ガーネットが群衆と言い合っている。私は、心が冷静でなくなるのを感じていた。

レイは……街の皆は無事なのだろうか。ジッとしていられない。

気がつけば、私は走り出していた。

「ヤミ、待ちな！　どこ行くんだい！」

ガーネットが制止するのも構わず、私はトリトの街へ向かう。もしレイまで死んでしまったら、ほんの僅かに残った希望まで砕けてしまう気がした。

私はトリトの街へと必死に走った。

広がる草原の中を駆け抜けていると、背後から馬の足音が聞こえる。

「乗りな！　走っても間に合わないだろ！」

馬に乗ったガーネットが私を引き上げてくれた。

トリトの街につくのに馬の足でも数十分はかかった。前方に見慣れた街の姿が広がる。

街からは煙が上がっており、大勢の人が逃げ出してくるのが遠目に見えた。

「あそこだ……」

「ここまでだね。魔族の私が一緒にいると疑われちまう。別ルートで合流するよ」

「ありがとう、ガーネット」

私は馬から飛び降りると、外見を人間に偽り街へ向かった。

街へ近づくと見覚えのある顔が目に入る。近づくと相手も私に気付き、声をかけてきた。

「ヤミさん！」

オードリー三兄妹《きょうだい》のイリアだ。後ろには長男のロイドの姿もある。

「ヤミさん、無事だったんですね」

「何が起こったの？」

「突然巨大な化け物が出てきて街で暴れ始めたんです。魔族の仕業じゃないかって皆言っ
てて……」

「街の人たちは？」

「自警団の人たちが逃がしてくれてるみたいです。私たちもそのお陰で逃げ出せて」

「レイは？」

私が尋ねると、ロイドが暗い顔をして近づいてきた。

「レイはまだ中だ」

耳を疑う。

「中って、どうして……!?」

「街の奴らを逃がすために残ったんだよ。俺が止めたのに、あいつ聞かなくて」

「そんな……！」

居ても立ってもいられず、私は街の中へ向かう。

「ヤミさん、どこ行くんですか！　危ないですよ！」

その言葉を振り切るように、私は『ルーステン』へと向かった。

街の中に人の姿はなかった。暮らしていた住民たちは、皆避難したらしい。崩れた家屋の瓦礫が目に入り、賑《にぎ》やかだったトリトの街は死んだような静寂に包まれていた。

すると、遠くに必死の形相で叫ぶ男の人が目に入った。

決して見間違えたりはしない、その姿。

「レイ……！」

レイの眼《め》の前《まえ》には巨大な怪物の姿があった。異形のそれが件《くだん》の魔物だろう。体から人間の手がいくつも生えており、奇妙な造形をしている。

魔物の体からは、見覚えのある女性の頭部が生えていた。

その姿を見た時、私はあれが元人間であることに気がついた。

「止《や》めてくれ、アルテミス！　街がめちゃくちゃになってしまう！」

レイは魔物に向かって懸命に叫ぶ。

アルテミス？　その事実を受け止めるのにしばし抵抗があった。しかしどうやら事実のようだ。彼女の中に流れる溢《あふ》れんばかりの魔力からは、聖女特有の神聖さを感じた。

すると、どこかで笑い声が聞こえた。街の光景を見て、心底可笑《おか》しそうにお腹《なか》を抱えて笑っている男がいる。

あれは、宰相ゾールだ。

「ははは、人間は本当に愚かだな。こんなに簡単に力に呑まれるなんて思わなかった！」

レイはゾールの存在に気が付き、そして詰め寄る。

「アルテミスをあんな風にしたのはあんたなのか⁉」

レイに問われたゾールは肩をすくめた。

「私はただきっかけを与えただけだ。あの娘の中には元々破壊衝動があった。魔王様に復《ふく》讐《しゅう》したいという欲望がな。それが魔力の暴走で増幅された結果、あの娘は魔物へと姿を変えたのだ」

「何で……何でそんなことをするんだ！」

「戦争はまだ終わっていない。魔族はまだ負けていないのだ！　これは反撃の狼煙《のろし》に過ぎない！　人間の英雄である聖女の裏切りを以《もっ》て、我ら魔族が立ち上がる火種とする！　そして魔王様がこの女に裏切られた今こそが、人間に対抗する時なのだ！　あの方の神がかった破壊の力で、今度こそ人間を滅ぼす！」

「そんな酷《ひど》いこと許されるもんか！」

レイはゾールの胸ぐらを摑《つか》む。しかし、ゾールは眉一つ動かさなかった。

「煩《うるさ》いコバエだ。アルテミス、まずはこの男から始末しろ！」

「ア……ァ……」

アルテミスは苦しげにうめいた後、その肥大化した腕を振りかざした。

レイを目掛けてアルテミスの腕が振り下ろされようとしている。時の流れが急に遅くなったように、眼の前の光景がスローモーションで流れていった。

私はかつて力を使うことを拒んでいた。

私の力が誰かを傷つけることを恐れていた。

でも私は、この街に来て初めて、魔王の力が誰かの力になるのだと知った。

誰かのために、力を使いたいと思った。

強大なアルテミスの腕がレイに振り下ろされる寸前、本能的に体が動いた。

魔法で身体機能を増幅させた私はアルテミスの下に潜り込み、彼女が振り下ろすであろう腕を障壁で弾《はじ》き飛《と》ばす。

何の抵抗もなく、アルテミスは体勢を崩した。

「ヤミ……？」

地面に倒れたレイが、魔族の姿となった私を見上げている。

「無事で良かった」

私はレイの手を取る。呆然《ぼうぜん》としたまま彼は立ち上がった。

「怪我《けが》はない？」

「僕は大丈夫だけど……」

「素晴らしい！　何ということだ！」

私たちの会話に割り込むように、背後でゾールが喝采する。

「これが魔王の血族の力、偉大なる神の御業《みわざ》！　あぁ……やはりあなたは魔族の神たる存在です！」

ゾールは歓喜の声を上げると、私の前に跪《ひざまず》いた。

「魔王ヤミ様。あなたがお戻りになるのを心よりお待ちしておりました」

「宰相ゾール……あなたも生きてたんだね。どうしてこんなことをしたの」

「あなたに再び魔族の王として君臨していただくためです」

ためらわずにゾールは言う。

「私は間違っておりました。魔王の力に頼らず、人間どもを支配しようとしたことを。そのせいで、勇者ルクスは魔王を討ち取ってしまった。戦争に負けたあの日、私は誓ったのです。もしあなたが生きていらっしゃれば、今度こそ魔王としての力を遺憾なく使っていただこうと」

「それで、この街で暮らす私を見つけたんだね」

「ええ。蓋を開けてみれば魔王様が死んだ証拠はどこにも晒《さら》されていない。私は、あなたが生きている可能性に賭け、あなたを捜しました。今度こそ、世界を支配する破壊神となっていただくために」

「勝手なことを言わないで」

私はゾールを睨《にら》みつけた。

「私は誰も傷ついてほしくなんてない。父様も同じだった。魔王の意向を、あなたはまるで理解していない」

「しかしあなたも見たでしょう！　人間の弱さや愚かしさを！　確かに私はあなたに人間への憎悪を覚えていただくため、アルテミスを焚《た》き付《つ》けました。しかしあなたを陥れ、追い詰めたのは他ならぬアルテミス本人の意思なのですよ！」

ゾールは一切怯《ひる》むことなく、私に近づいてくる。

「これで分かったでしょう。魔族と人は分かり合えません！　戦争はお互いの心に火をつけ、今もまだ憎しみの炎を燃やし続けています！　その炎はどちらかが消えるまで燃え続けるでしょう！　根付いた憎しみが消えることはありません！　我々は争う運命なのです！　そして勇者ルクスがいない今なら、今度こそ人間を滅ぼすことができる！　声を上げてください！　さすれば再び魔族は集い、人間と戦うでしょう！」

「そんなことしない！」

私は拳を握りしめた。怒りで手が震える。

「私は……私は、たくさんの物をこの街の人にもらった。そして知ったの！　自分が使命から逃げ続けたことで、どれだけ多くの物が失われたのかを！　だから私はもう間違えない。私はもう、人間も、魔族も殺し合わせるつもりはない！」

するとゾールは心底失望したように「何てことだ」と頭を抱えた。

「すっかり人間に毒されてしまいましたね」

「毒されてなんかない。私はもう、人形でいるのは嫌なだけ！」

私は手をゾールへと向ける。魔王軍四将の彼に私の魔法が通じるかは分からない。しかしこの街を――レイを護《まも》るためならば、私はゾールを消すことを厭《いと》わない。

たとえ彼が同じ魔族だったとしても。

「止めな、ヤミ」

私が魔法を放とうとしたその時、誰かがゾールの頭を鷲摑《わしづか》みにした。

ガーネットだった。

ろ」


「あんたの手を血に染めることはない。あんたの手は、そいつと共に生きるための手だろ」

「お前、何故《なぜ》生きている……」

「ゾール、私たちのお姫様はもう静かに暮らしたいとさ。あんたはお呼びでないってことだよ」

「何を勝手に……ぐぅっ！」

ゾールが言いきる前に、ガーネットはゾールの頭を壁へ叩《たた》きつけた。

ものすごい音が響いた後、壁にヒビが入り、ゾールの体から力が抜ける。

「安心しな、殺しちゃいない。こっちは抑えておくから、あの化け物は任せたよ！」

「うん、分かった。ありがとう」

私が振り返ると、先程バランスを崩したアルテミスが再び立ち上がろうとしていた。

私は異形と化した彼女と対峙《たいじ》する。

「ヤミ……」

踏み出そうとすると、背後でレイの声がした。

「無事に戻って来てほしい。僕は君と、ちゃんと話したいんだ」

その言葉が、沈んでいた私の心に深く刺さる。

ずっと欲しかった言葉だった。もう一度話したいと思っていたのは、私だけじゃなかった。それが分かっただけで心が震えるのを感じる。

「私も、もう一度レィとちゃんと話したい」

私はアルテミスに一歩近づく。

すでに彼女の精神状態は正常ではなかった。彼女の魔力の流れが、著しく乱されている。

そのすべての原因は、アルテミスが首につけているネックレスだ。魔力の流れが、あのネックレスに嵌《はま》った魔鉱石によりかき乱されている。私が力を引き出している鉱石とは桁違いの魔力の結晶なのが分かった。

体質的に高い魔力を持つ魔族ならともかく、人間があの濃度の魔鉱石に触れれば正気を失うだろう。魔力が器から溢れ出してしまう。

ならば、あの魔鉱石を破壊すれば、アルテミスを助けられるかもしれない。

「ァァァァ！」

抵抗するように振り回されたアルテミスの腕を、私は片手で受け止めることができた。

こんな風に誰かに向けて魔法を使うのは初めてだ。

誰かを傷つけるために使えなかった力は、誰かを護ったり、助けるためになら使うことができる。そのことを私は、この街で学んだ。

私はアルテミスのネックレスの方へ向けて手をかざす。意識を集中し、遠隔でネックレスの鉱石へと圧力をかけた。

するとアルテミスのネックレスの鉱石にヒビが入った。

「イヤ！　フレルナ！」

アルテミスが人間のものとは思えぬ声でもがき苦しむ。しかし私は止めなかった。

きっと彼女は、苦しんでいる。破壊衝動に呑まれ、体が言うことを利かないこの状況に胸を痛めているはずだ。

だから、救ってあげたい。

「ごめんなさい。少し苦しいと思うけれど」

私はかざしていた手を、思い切り握りしめる。

刹那、ひび割れていたネックレスの鉱石が粉々に砕け、アルテミスは街中に響き渡るほどの激しい咆哮《ほうこう》を上げた。

そして徐々に彼女の肥大化した姿が縮小し、元の人間の姿に戻っていく。

「ワタシはアナタをユルさない！」

その間もアルテミスは、私への呪詛《じゅそ》を止めなかった。

「私はもっとルクスにイきていてホしカッタ！」

「うん」

「アナタがいなければ、ルクスは死ななカッタ」

「うん」

「私だけを、見つめてほしかった……」

「……うん」

人間に戻ったアルテミスの瞳に涙が浮かぶ。私は彼女のことを、優しく抱きしめた。

「何で私じゃなくて……あなただったの？」

「ごめんなさい」

私は涙を流しながら、アルテミスを抱く力を強める。

私がいなければ、ルクスは生きて、そしてアルテミスと結ばれていたかもしれない。私のせいで、大切な人のたくさんの可能性を潰したのだ。

アルテミスの気持ちがこれほどまでに分かるのは、きっと私も同じ気持ちだったからだと思う。

『君を愛せて良かった』

ルクスが言った愛の意味を、私もようやく知ることができた。

大切で、失いたくない、共に有りたいと思うこと。

それがきっと、愛なんだと思う。

「私のことを許さなくてもいい。でも、あなたが人々を苦しめるのは違う。あなたは皆の英雄で、とても優しい人だから。戻ってきて……アルテミス」

私が告げると、アルテミスもまた静かに私のことを抱きしめた。

「ルクスが命を使ったのは、魔王を殺すためじゃない。私たちを護るためだったの……」

まるで罪を吐き出すかのように、アルテミスは告げる。

「魔王城に向かうルクスを私は止められなかった。彼を一人で行かせてしまった。私は死ぬのが怖くて、恐怖で逃げ出したの。ずっと心残りだった。私がもっと強ければ、ルクスは禁忌に手を出さず、死ななかったんじゃなかったのかって。そしてその怒りをあなたにぶつけた……」

「うん……」

「ごめんなさい。私は自分の弱さを棚に上げて、魔王であるという理由だけで一方的にあなたを憎んだ」

アルテミスの中には、ルクスを見捨てて逃げ出した後悔がずっとあった。

彼女は、自分への怒りをずっと抱えていたんだ。

それがいつしか、魔王である私への憎しみになった。

でもそれはきっと、私が抱えるべき罰だったんだと思う。

「魔族は大勢の人を殺してしまった。私は魔王なのに、彼らを止めることもせず、ただ耳を塞ぎ続けた。だから私があなたに憎まれるのは当然だよ……。あなたは悪くない」

私は魔王として無力だった。だから私は誓ったのだ。

「私はもう、私のせいで誰かを死なせたりはしない」

すべてが終わる頃には日が傾き始めていた。

いくつか建物は崩れたが、幸いにも死者は出なかった。騒動は街に入り込んだ魔物によるものとして扱われ、魔物はガーネットが退治したということになった。

幸いにも、レイやアルテミス以外に魔族の姿でいる私を見た者はいなかった。

元凶となったゾールは、憲兵に引き渡す前に姿を消してしまった。拘束具をつけたのだが、魔法で抜け出したらしい。

追いかけようとも思ったが、ガーネットが引きとどめた。

「もし今回の騒動の元凶がゾールにあると知られたら、人間たちはより魔族を憎むようになる。アルテミスの責任も問われるかもしれない。街に迷い込んだ魔物をあたしが処理した。逃げ遅れたアルテミスをレイが助けようとした。これはそういう話だよ」

ガーネットの提案を私たちは受け入れた。

彼女はどこか悲しげに夕日を眺める。

「ゾールの過激な思想が戦争を激化させたのは事実だ。でも、あいつがいなかったら魔族国は終わってた。魔族の土地が支配され、人間と魔族の立場が逆になっていてもおかしくなかったんだ。どのみち、危うい均衡にあったんだよ。人間と魔族はね」

ゾールの行動の根底には魔王への深い忠誠心が存在した。騒動の元凶にはなったが、彼はずっと、魔王と、そして祖国を守ろうとしていたのだろう。

ガーネットの言葉を、私は神妙に受け止めた。

アルテミスは北の神都アースへと戻ることになった。

彼女が街を離れるのを私とレイとガーネットで見送る。

「本当にごめんなさい」

アルテミスは、私たちに頭を下げた。

「街の被害状況は神都へ報告しておきます。たぶん、すぐに援助が届くと思う」

「ありがとう、アルテミス」

レイが微笑《ほほえ》むも、アルテミスの表情は浮かない。

「私は聖女失格だわ。心を乱され、あまつさえその弱さに付け込まれた」

「そんなことない」

私が言うと、アルテミスは私を見つめた。

「自分の使命から逃げ出してしまった私からすれば、あなたはずっと立派で、強い人だよ。あなたは聖女として困難と向き合い続けた。街の人があなたを好きなのも、そんなあなたの姿を見てきたからだと思う」

「……ありがとう」

優しく風が吹き私たちの頬を撫《な》でた。

「あなたが魔王ヤミだということは言わないでおく。でも、まだ完全にあなたを許すことは、やっぱりできない」

「うん。大丈夫」

私が言うと、アルテミスは小さく頷《うなず》いたあと、何か言いたげにレイに顔を向けた。

アルテミスの視線を受けたレイは、笑顔を見せる。

「ちゃんとヤミと話すよ。安心して」

レイが言うと、アルテミスは優しく笑みを浮かべた。

馬車に乗りアルテミスが去っていくと、ガーネットがぐっと伸びをした。

「さて、私も戻ることにするよ。魔族があまり長居するわけにはいかないからね」

ガーネットはそう言うと、探るように私を見つめた。

「それで、あんたはどうすんだい？　ヤミ」

「えっ？」

「あんたは街の奴に魔族だと気付かれてないだろ。戻ることもできるんじゃないか」

「でも私は……」

「話すべき相手が居るんだろ？」

私が振り返ると、レイが私を待っていた。私は意を決して彼に歩み寄る。

「レイ、ごめんなさい」

私は頭を下げた。

「ずっと魔王であることを隠していて。でも、馬鹿にしたり、嘲笑《あざわら》うような気持ちはなかったの。私はただ、ルクスの遺骨を届けたかっただけ。その気持ちに偽りはない」

「兄さんが死んだ時の話は本当のことなの？」

私が頷くと、レイは「そうか」と答えた。

「……なら良《い》いんだ」

「信じてくれるの？」

「君が嘘《うそ》をつくとは思えない。君が魔王だったことは驚いたし、正直ショックもあったけれど。僕は、一緒にいた君のすべてが嘘だとは思えないんだ」

「レイ……」

「僕も君が出ていってからずっと捜していたんだ。ちゃんと君のことが知りたかったから」

レイにとって、私は兄と両親の仇《かたき》とも言える存在のはずだ。

なのにレイは、私と向き合おうとしてくれている。

人間と魔族ではなく、レイとヤミとして。

「君が嫌なら出ていっても構わない。だけど迷っているなら、戻って来てほしい」

「でも、私が魔族だってバレたら、レイに迷惑がかかる」

「良いんだ。このまま君とお別れになる方が嫌だから。これは、僕の望みなんだ」

レイの言葉の一つ一つが、私の胸に空いた大きな穴を埋めていく。

どうしてそんなに優しくしてくれるんだ。

涙が流れそうになって、思わず唇を噛《か》みしめる。

「うん……。私も、レイと暮らしたい」

震える私の肩に、レイが優しく手を置いた。ガーネットがフッと笑う。

「やれやれ、これで一件落着だね。じゃあ私はもう帰るよ。ニーナが待ってるからね」

「ありがとう、ガーネット」

「また気が向けば遊びにおいで」

ガーネットは真剣な顔でレイに目を向ける。

「レイ、あんたにとってその子は仇だ。でも、あんたはヤミを受け入れてくれるんだよね」

「はい」

「なら、頼んだよ。私たちのお姫様を」

「もちろんです」

ガーネットはしばらく何かを確かめるようにレイを見つめていたが、やがて頷いた。

「泣かせたら許さないからね」

馬に乗ってガーネットが去っていく。

街の外れには、私とレイだけが残された。

「えっと……」

何と声をかければいいだろう。迷っていると、レイが私に手を差し出した。

「帰ろう、ヤミ。僕らの家に」

「……うん」

私はそっとその手を取る。

人間と魔族が分かり合うことはできないとずっと思っていた。

でも誰かと向き合うことに、種族は関係ないのだと気付いた。

『戦争が終わった今、これからはきっと人間と魔族が共存する時代に入っていく』

あの日ルクスが私に告げた未来が、少し近づいた気がした。

第7話　未来の指輪

どこか遠い喧騒《けんそう》と、見覚えのある天井。

トリトの街での朝だった。

聖女アルテミスの騒動から一週間ほど経《た》った。あれから特に変わったことはなく、私はずっと望んでいた日常を取り戻すことができていた。

リビングに下りると、レイの姿が見える。何度も何度も思い返していた光景だ。

それなのに。

「おはよう、レイ」

「あ、うん。おはよ……」

あの事件以降、私たちは少しぎこちない。

「レイさんの様子がおかしい？」

街の広場で私の話を聞いたイリアは眉を顰《ひそ》めた。

「以前レイと喧嘩《けんか》してしまったことがあって……。一応仲直りはできたんだけど、それ以来なんだかよそよそしい気がするの」

「えー？　レイさんと喧嘩？　珍しい」

世間話のついでに相談したのだが、思った以上に親身に耳を傾けてくれる。

イリアとは偶然、市場で買い物をしている時に遭遇した。彼女とはペンダントの一件以来、こうして度々話す仲だ。眼の前《めまえ》で鉱石の力を引き出したことから、彼女は私が魔導師だと思っている。そのため、私が気を許して話せる数少ない理解者の一人でもあった。

「喧嘩って、一体何したんですか？」

「私が隠しごとをしていたの。それが良くない形で明らかになってしまって」

「あぁ、なるほど。それでわだかまりが残ってるんだ」

興味津々、という感じでイリアは耳をピクピクさせている。まるで猫みたいだ。

「挨拶をしてもぎこちないし、話しかけてもすぐに会話が止まったりして……。あと、外出も増えた気がする。少しコソコソしているようにも見えて」

「何だか怪しいですね。あんまりレイさんがそういう態度取るのって想像つかないけど、喧嘩が原因だとしたらちょっと男らしくないですよね。仲直りしたならちゃんと歩み寄れば良いのに。ちょっとはうちの兄を見習ってほしいものです」

「兄って、ロイドのこと？」

「はい。私がこっそり買ってきたクッキーを勝手に食べちゃって、大喧嘩《げんか》したことがあったんですよ。それで次の日起きたら喧嘩したこと忘れてるんです。私もう腹が立っちゃって。あのふてぶてしさ、レイさんも見習うべきですよ」

「ロイドっぽいね」

思わずフフッと笑みがこぼれた。少し落ち込んでいたから、彼女の明るさに癒やされる。

するとイリアはふと思い出したように「そういえば」と口を開いた。

「最近レイさん、よく市場に顔を出してるみたいですよ。ロイド兄ちゃんが言ってました」

「レイが市場に？」

「兄は鉱石の発掘作業を仕事にしてるんですけど、その関係でよく鉱石の研磨職人さんと会うんです。そこでレイさんの話が出たって。何か探してる鉱石があるみたいですね」

「探し物……」

ここ最近は仕事の依頼も落ち着いていて、特殊な鉱石を使うような注文はなかったはずだ。少なくともそんな話、私には全然してくれなかった。

「信用されてないのかな……」

あからさまに落ち込む私を、イリアは慌てて慰める。

「大丈夫ですって！　喧嘩なんて時間が経てばいつも通りになるんですから、きっとヤミさんとレイさんもすぐに元に戻れます」

「だと良いけど」

もしかしたら、レイは私が魔王だと知って恐れたのかもしれない。彼は優しいから態度には出さないけれど、そもそも勇者の弟と魔王が一緒に暮らしていること自体、奇跡みたいなものなのだ。

考え込んでいると、カンカンと大工が木槌《きづち》を打つ音がした。建物の復興作業かと思ったが、どうも違うらしい。広場の様子もいつもと違って見える。人が多い広場だが、何だか今日は一層賑《にぎ》やかだ。

三角旗が吊《つ》るされたり、テントが建てられたり、市場の規模が大きくなっていたり。街が派手に飾り付けられていた。アルテミスが凱旋《がいせん》した時と雰囲気が似ている。今度は国王でも来るのだろうか。

「何だか街がいつもと違うね」

「もうすぐ流星祭が行われるんですよ」

「流星祭？」

「トリトの街では毎年収穫の時期になると流星群が来るんです。それはもう、雨が降るようにたくさんの星が流れるんですよ。その流れる星に来年の豊作を願うんです」

「星に願いを捧《ささ》げるだなんて、素敵だね」

「流れ星には願いを叶《かな》える力がありますからね。ヤミさんの故郷ではやらないんですか？」

「私の故郷では星を見る習慣がなかったから」

魔族の街は常に魔法で灯《あか》りが生み出され、夜でも街は明るく照らされていた。

それは私のいた魔王城も例外ではない。

明るい街では星も見えないし、外に出て空を見上げる習慣がそもそもなかったのだ。故に、魔族は星に願いを捧げるなどというロマンティックな発想はしない。

「先日魔物が暴れた一件もあって、街の雰囲気も暗くなっちゃったから。今年は例年以上に盛り上げようって領主様や有志の人たちが張り切ってるみたいですね」

「楽しみだね」

するとイリアは「そうだ」と何か思いついたように手を叩《たた》いた。

「レイさんをお祭りに誘ってみたらどうですか？　二人で流星祭を回るんですよ。良いきっかけになると思いません？」

「でも、レイ来てくれるかな……」

ただでさえ中々話しかけられない状況だ。祭りに誘って断られでもしたらどうしよう。

不安に思っていると、イリアはフンと鼻を鳴らした。

「こんな可愛《かわい》い女の人が勇気を出して誘ってるんですよ？　もし断られたら私に言ってください！　レイさんのお尻を蹴飛ばしてやります」

「それはちょっとやりすぎな気もするけど」

そう言いながらも、私の口元には笑みが浮かんでいた。

「頑張って、声かけてみる」

「私、応援してます！」

買い物を終えて家に戻ると、いつも通り入口のカウベルが鳴り響いた。

「ただいま」

声をかけるも反応がない。不思議に思っていると、奥の工房からカタリと物音がした。

「レイ、いるの？」

カウンターから中を覗《のぞ》き込むとレイが慌てたように立ち上がる。

作業をしていたようだが何か隠したようにも見えた。

「お、おかえり」

「仕事してたんだね。邪魔してごめんなさい」

「全然。大丈夫だよ」

「今、何か隠さなかった？」

「そ、そんなことないよ」

レイは慌てた様子でそう言って黙り込む。妙な沈黙が生まれた。平静を装っているが、少し様子がおかしい。よく見ると、レイの目は少し赤くなっていた。

「もしかして、泣いてたの？」

心配して尋ねると、彼は目元をゴシゴシと擦っていつもの笑みを浮かべた。

この笑みは知っている。辛《つら》いことを覆い隠す笑みだ。

「ねぇ、レイ。何か辛いことがあるなら話してほしい」

「大丈夫だよ。心配かけてごめん」

「でも——」

言いかけた私は言葉を呑み込む。隠しているのに問いただすと嫌がられる気がした。

そこで、先程イリアとした話を思い出す。

このタイミングで言うべきか迷ったが、勇気を出して告げることにした。

「ねぇ、レイ」

「何？」

「今日、市場でイリアに会ってね。もうすぐ流星群のお祭りがあるって聞いたの」

「流星祭のこと？」

私はコクコクと何度も小さく頷《うなず》いた。

「この間の事件もあって、今年は例年よりも力が入ってるって。だから、レイと一緒に回りたいって思ったんだけど……」

思い切って言った後、レイの顔を見るのが怖くて私は思わず目を瞑《つむ》った。

しばらく待っても返事がないので、恐る恐る様子を探る。

レイは何だか困ったような顔で視線を彷徨《さまよ》わせていた。スッと気持ちが冷えていく。

「ヤミ、実は僕――」

「ごめん。やっぱり、嫌だよね……」

「違うよ。というより、僕も祭りの運営に参加するんだ」

思わぬ言葉に「えっ」と声が漏れた。

「今年の祭りを例年より賑やかなものにしようって言ったのは僕なんだ。同年代の仲間と話し合って、領主様に頼んで外部から音楽家を呼んだり、職人さんに屋台の設営を手配したり、備品を調達したりして動いてたんだよ」

「全然知らなかった……」

「仕事の合間に少しずつ進めてたから。中々言い出す機会もなかったし、もっと早くに話しておくべきだったね」

レイはすまなそうに頭を下げる。何だか申し訳ない気持ちになった。

「大丈夫。お祭りは一人で回るね」

沈んだ声で私が言うと、「ちょっと待って」と彼は言った。

「行けない訳じゃないんだ。元々、僕も君を誘うつもりだったから」

「本当？」

「祭りの後半なら抜けられると思う。まだ具体的な進行が決まってなくて、色々分かってから声をかけようと思ってたんだ」

さっきレイが困った素振りを見せてたのは、まだ予定が決まっていなかったからか。

「ちょっと遅くなってしまうかもしれないけれど、必ず行くから。待っててくれるかな」

「……うん！」

沈んだ気持ちが、一気に晴れる気がした。


それから数日後。流星祭の日がやってきた。

話によると、今日は夕方から一晩かけて星が降り注ぐらしい。

レイが祭りの運営に当たっていることもあり、店を閉めて私も街へ出ることにした。レイとは夕暮れ時に待ち合わせる予定だ。

トリトの街はすっかりお祭りムードで、昼過ぎからかなり賑わっていた。音楽や歌が聞こえ、仮装した人や踊っている人もいる。

「ヤミちゃん、美味《おい》しいパンがあるわよ。寄っていかない？」

「ヤミ、こっち見てみな。飴《あめ》細工っていう王都で流行《はや》りのお菓子だ」

「ヤミ姉ちゃん、こっちこっち！　ウチの牧場で作ったチーズだよ！」

露店で賑わう街を歩いていると、街の人たちが声をかけてくれる。いつも市場で立ち寄っているお店の人たちだ。軽く挨拶をしながらお店巡りをしていると、前から来た誰かにぶつかりそうになる。

「ごめんなさい」

思わず謝ると、「おや」と声がする。見覚えのある老夫婦が立っていた。

「ヤミさんじゃないか、こんにちは」

以前イヤリングを注文してくれたオルフだった。傍《そば》には妻のケイトの姿もある。

「今日はレイくんと一緒じゃないのかい？」

「レイは祭りの運営をしていて、後で合流する予定なの」

「そうか、彼も忙しいね」

私はチラリとケイトに目を向けた。ケイトは人の流れに気を取られていて、こちらを気にしている様子はない。

「その後、ケイトの容態はどう？」

恐る恐る尋ねると「あぁ」とオルフはどこか優しい表情を浮かべた。

「不思議なものでね。あれ以来、少しずつ話が通じるようになってる気がするんだ。昔の話をすると、時々反応してくれたりしてね。失われていたものが、徐々に戻ってきているのかもしれない」

「本当……？　良かった」

「いつまで続いてくれるかは分からないけれどね。でも、妻の中に私との記憶があることは、救われた気になるよ」

「いつか、昔みたいに話せると良《い》いね」

「あぁ。そうなれるよう、今日の流れ星に願うつもりさ」

するとケイトがオルフの服を引っ張った。

「オルフさん、あちらのお店に行ってみましょう。とっても美味しそぅよ」

「あぁ、今行くよ。それじゃあヤミさん、また」

「二人も、どうか楽しんで」

歩いていくオルフとケイトを見送る。

ケイトの耳には、あのイヤリングがつけられていた。レイが丹精込めて作ったアクセサリが誰かを喜ばせてくれていることは、何だか誇らしい。

思えばトリトの街に来て数ヶ月が経《た》つのか。この街にもすっかり顔見知りが増えた。

誰も私のことを魔族だと知らないけれど、よそ者である私を受け入れてくれている。

少し前まではこの世界に自分の居場所などないと思っていたのに、いつの間にかこの街が私にとっての帰る場所になっていた。

祭りを回っていると、いつの間にか役所の近くに来ていた。役所の建物の近くに大きなテントがあり、そこが祭りの運営本部になっているらしい。

何気なく中を覗くと、ロイドとレイが何やら真剣な顔で話していた。同年代で祭りを盛り上げる話になったと言っていたから、二人とも運営役なのだろう。かなり忙しそうだ。

「ヤミさん」

トントンと肩を叩かれて振り返ると、イリアが笑顔で立っていた。

「レイさんを待ってるんですか？」

「うん。お祭りの進行があるからって。会うのは夕暮れになってからだけど」

「じゃあ、ちゃんと誘いを受けてくれたんですね？」

私が頷くと、イリアは「やったぁ！」と目をキラキラさせた。

人ごとなのに、私以上に興奮しているように見える。

「せっかくお祭りの夜ですもん。やっぱり大切な人と一緒に過ごさないと」

「大切な人……」

イリアの言葉が妙にストンと心にハマった。そうか。一緒にいるのが当たり前になっていて気が付かなかったけれど、レイはもう私にとって大切な人なんだ。

ルクスが死んでから、私の胸にはポッカリと大きな穴が空いていた。

でもその穴は、トリトの街で暮らすうちに少しずつ埋まっていった。

それはきっと、ルクスの喪失が少しずつ別の『何か』で埋まっていたからだ。

その『何か』の正体を探った時、いつもレイが心に浮かんだ。

最近、レイに重なっていたルクスの面影を見なくなった。

何度も思い出していたルクスの言葉も、考える機会が減っている。

今日のお祭りの光景だって、王都の建国祭とよく似ているじゃないか。もっと、ルクスのことを思い出しても良さそうなのに。

そこで、ふと思ってしまった。

私は、無意識にルクスを忘れようとしているんじゃないだろうか？

「ヤミさん？　大丈夫ですか？　顔色が悪いですけど」

「えっ？」

イリアに話しかけられてハッとする。私は小さく首を振ると「何でもない」と答えた。

「じゃあ、もう少し見て回るから」

「あ、はい……」

心配そうなイリアから逃げるように私はその場を去った。

祭りで賑《にぎ》わうトリトの街を、私は覚束《おぼつか》ない足取りで歩いた。

楽しそうに笑う人たちをすり抜け、暗い表情を隠すように俯《うつむ》く。

ずっと、ルクスのいない世界に生きる意味はないと思っていたのに。

彼がいたから、今の私がいるのに。

私はいつの間にかルクスを忘れようとしていたのか？

どうして忘れようとしていたんだろう。レイがいるから、ルクスはもういらないと思ったのだろうか。もしそうだとしたら、自分で自分が恐ろしい。

「どうして……どうして……」

何度も自分に問いかけるも、答えは出てこない。

気が付くと、いつの間にか街の入口近くまで歩いていた。

周囲に人の気配はなく、喧騒《けんそう》がどこか遠い。街の外に広がる麦畑が、風に揺られて大きな金色の波を生んでいた。

近くの石段に私は腰掛ける。遠くから聞こえる祭りの音に耳を傾け、記憶を辿《たど》った。ルクスと共に王都の祭りを回った記憶を。

二人で街を回って、美味しいものを食べて、花火を見た。未来について話した。

こんなにも記憶は鮮明なのに。

どうして私は、ルクスの存在を希薄にしてしまったんだろう。

自分の気持ちが分からなくて、無性に涙が溢《あふ》れてきた。どうして泣いているのか自分でも分からない。

ただ、怖かったんだと思う。

ルクスを忘れつつあることが。

ルクスを忘れようとしていた自分が。

自分の知らない本性を目の当たりにした気がして、私は恐ろしかったんだ。

「ルクス……ごめんなさい。あなたは私を救ってくれたのに。光をくれたのに……」

私が泣いていると、誰かが私の前に立った。

「ヤミ、探したよ。大丈夫？」

「レイ……」

レイは泣き腫らした私の顔を見て、ハッと息を呑《の》む。

「ヤミ……どうして泣いてるの？」

「気付いてしまったから」

「気付いたって、何を？」

「前までは、何もしなくてもルクスのことが頭に浮かんだ。何気ない時にルクスの言葉が浮かんだし、ルクスはいつも私の傍にいた」

「でも」と私は言葉を続ける。

「いつの間にか、それがなくなっていた。当たり前に浮かんでいたルクスの存在が、遠ざかっていたの。だから、私はルクスを忘れようとしてるんじゃないかって……」

「怖くなった？」

レイの問いに私は頷《うなず》く。すると何故《なぜ》か、レイは少しだけ悲しそうな笑みを浮かべた。

「やっぱり、兄さんはすごいな……」

「えっ？」

私が顔を上げると、レイはこちらにそっと手を伸ばした。

「付いてきて。見せたいものがあるんだ」

「見せたいもの？」

「いいから」


レイに手を引かれ、夕暮れ時のトリトの街の外を歩く。

ほどなくして、道が傾斜になった。小高い丘になっており、上に続く道がある。

しばらく歩くと視界が開け、数え切れないほどの花が咲く場所にたどり着いた。

夕陽《ゆうひ》に照らされた花は、風に吹かれて静かに揺れる。

花が咲く美しい丘。そこには、たくさんの墓標があった。

「ここは街の人たちが眠っているお墓なんだよ」

レイは私に説明すると、奥にある墓石の前で不意に立ち止まった。

一際大きく、美しい墓石が建っている。

「これって……」

「兄さんの墓だよ。街のみんなで作ったんだ」

「ルクスのお墓……？」

よく見ると、ルクスの名前が彫られていた。

「アルテミスが領主様に兄さんの訃報を届けてくれてね。街の人が協力して作ってくれたんだよ。ヤミが街を出た時だったから、連れてくるのが遅れてしまってごめん」

「そうだったんだ」

「さっき、ヤミから兄さんの話を聞いた時、正直言うと悔しいなって思った」

「どうして？」

「兄さんがヤミに渡した物が、とても大きいんだって分かったから。今もこんなに大切にされている兄さんが、とても偉大な存在だったんだって改めて思ったんだ」

レイはまっすぐルクスの墓石に向き直る。まるでルクスと対峙《たいじ》するように。

「ヤミはさっき、兄さんを忘れるのが怖いって言ってたよね。でも僕は違うと思う。ヤミは忘れようとしていた訳じゃない。きっと、兄さんの死を受け入れようとしていたんだ」

「死を受け入れる……」

「君が初めて店にやってきた時、今にも死にそうな顔をしていたのを覚えてる。あの頃の君には危うさがあった。一人にしたらすぐに消えてしまいそうなほど儚《はかな》く見えた。だから僕は、君を一人にしちゃダメだって思ったんだ」

トリトの街に来た時、レイがどうして私に優しくしてくれたのかが分かった。

一人にすれば、きっと私が死んでしまうと思ったのだろう。

「今の私は、どう見えるの？」

「生きようとしているように見えるよ。過去じゃなくて、未来に目を向けているように思えるんだ」

「生きる……」

「兄さんはきっと、君に新しい人生を踏み出してほしかったんだと思う。だから君に指輪を渡した。そしてそれはきっと、未来に目を向けることなんだよ」

だからルクスは私に『生きろ』と言ったのだろうか。もしそうなのだとしたら、私はようやく、ルクスが願ったように生きられるようになったのかもしれない。

「未来に目を向けることは、過去に亡くなった人を忘れることじゃない。死んでしまった人の記憶を心に仕舞って、共に歩むことなんだよ。だからヤミは、兄さんのことを忘れたんじゃなくて、兄さんとの記憶を心に仕舞うことができたんじゃないかな」

「レイも同じなの？」

「僕が兄さんを忘れることは生涯ないよ。兄さんは僕の心の中にいる。きっと、ヤミの心の中にも。ヤミにとって兄さんの存在はとても大きいから、僕はたぶんこれからも、その背中を追うんだと思う。悔しくもあるけど、でも同時に嬉《うれ》しいんだ。兄さんのことをこんなに想《おも》ってくれた人が確かにいるんだって」

すると、レイはそっとポケットから何かを取り出した。

手の中に収まるくらいの小さな木箱。

開くとその中に、見覚えのある指輪が飾られていた。

「それはルクスの……勇者の指輪」

でも、鉱石が違う。指輪に輝く鉱石は、美しい緑色をしていた。

「このところちゃんと話せなくてごめん。祭りのこともあったけど、実はこの指輪をずっと修理してたんだ。指輪にふさわしい鉱石を探してた」

「この鉱石は？」

「エメラルド」

レイは鉱石の名を口にする。

「この鉱石は未来を象徴するんだ。そして、新しい始まりをもたらすものでもある」

「新しい始まり……」

「君はもうたくさんの困難を乗り越えた。だから、その先にある幸運を摑《つか》んでほしい。ヤミ、手を出して」

言われるがまま私が手を出すと、レイは指輪を私の右手の薬指へと嵌《は》めた。

指輪を見つめて気づく。以前工房で彼が隠したのはこの指輪だったのだと。

レイは、指輪を修理しながらルクスのことを思い出して泣いていたんだ。

「どうしてここまでしてくれるの。レイは、魔族を恨んではいないの？」

「全く憎んでいないと言えば嘘《うそ》になる。でも、少なくとも僕は、ヤミのことは信じてる。君は誰かを傷つけるような人じゃない」

「それに」と彼は言葉を付け加えた。

「本当は何となく気づいていたんだ。君が魔族じゃないかって」

衝撃的な言葉だった。思わず「どうして？」と尋ねる。

「ここにあるお墓を見て思うことはない？」

「えっ？」

そう言われてもよく分からない。石で枠が敷かれ、その上にたくさんの墓標が並んでいる。

「ここにあるお墓はね、みんな土葬なんだ。棺桶《かんおけ》に入れて遺体を埋葬しているんだよ」

「土葬……」

「人間は死んでしまった人を遺体のまま埋葬するんだ。でも君が持ってきた兄さんは火葬されていた。火葬の風習がある地域もなくはないけど。昔、魔族は魔法で死者を火葬するって聞いたことがあったから、ひょっとしたらって思った」

「そうなんだ……」

私は人間の文化や風習にほとんど触れてこなかった。

だから、遺体の葬り方の違いまで頭が回らなかったんだ。

レイはすべて承知の上で私と……一緒にいてくれたのか。

「ありがとう、レイ」

私は心からの感謝の言葉を口にする。

「私が死ななかったのはルクスのお陰だった。でも、前を向けたのはレイがいたからだよ」

私はずっと、レイにルクスの面影を見ていた。でも、いつの間にかルクスではなく、レイ自身を見つめるようになった。

それはきっとレイがルクスと同じくらい、私にとって光のような存在になったからだ。

大切な……かけがえのない存在に。

「ヤミ、星が流れるよ」

ルクスに言われて空を見上げると、暗くなり始めた空に一筋の光が流れた。

流れる光はやがてその数を増し、光の雨が降り注ぐように空に軌道を描く。

流星群の到来だった。

「レイ、私……これからもここに居たい。レイと一緒に」

「うん。僕もヤミにいてほしい」

流星は、留《とど》まることを知らず、どんどん流れていく。

夜色に変化しつつある空に、その星のさみだれは美しく輝いた。

「願いを捧《ささ》げよう」

私たちはどちらからともなく目を瞑《つむ》り、祈りを捧げる。

今なら、どうして勇者の指輪に嵌《はま》っていたアイオライトが砕けたのか分かる気がする。

私はずっと空っぽで、ルクスの後を追って死ぬことだけを考え続けていた。

トリトの街を出て死ぬことだけが、私の生きる目的だった。

でも、アルテミスに問われた時、私の中にあったのは真逆の想いだった。

この街に居たい。レイと暮らし続けたい。

それが、いつしか私の生きる意味になっていた。

アイオライトは道を示す鉱石だ。死を望んだ私が、生きるという答えにたどり着いたからこそ、鉱石は役割を終えて砕けたんじゃないだろうか。

だとしたら、私が星に捧げるべき願いは決まっている。

どうかこれからも、ずっとレイと一緒にいられるように。

どうかこの日々が、永遠に続きますように。

私が祈りを捧げると薬指に嵌《はま》ったエメラルドが僅かに輝いた。

その光が私には、希望に見えた。

エピローグ

その日、『ルーステン』にカウベルの音が鳴り響いた。

「いらっしゃいませ」

私が声をかけた先に立っていたのは、一人の男だった。

外套《がいとう》で頭までを覆い、旅人のような風貌をしている。

カウンターに座る私の下に、男はまっすぐ近づいてきた。

「客じゃないんです。このお店にヤミという人は居ませんか」

「ヤミは私だけれど」

「ああ、良かった。あなたを探していたんです」

男はそう言うと、懐から何かを取り出す。それは手紙だった。

「どうしてもあなたに届けてほしいと頼まれました」

「誰に頼まれたの？」

私の問いに彼は答えない。言うつもりはないようだ。

「あの、一つ聞いていいですか」

「今、あなたは幸せですか？」

男は何かを確認するように私の目を見つめる。

突然の質問に面食らったが、その問いには意味がある気がした。

私は笑みを浮かべ、頷《うなず》く。

「幸せだよ」

「そうですか。それは良かった」

男は納得したように頷くと、私に頭を下げた。

「じゃあ、自分はこれで」

「手紙、ありがとう」

男が去るのを見送り、私は手紙へと目を移す。すると、奥の工房からレイが姿を現した。

「ヤミ、今のは誰？」

「旅をしている人みたいだった。私に手紙を届けてくれたの」

私は封を破り、中を見る。見知った名前がそこに記されていた。

「イグナーツ……」

手紙の主の名を、私は読み上げた。

彼は今、魔王国の北側に存在するシルビアの領地にいるらしい。人間との和親条約を結んだシルビアは魔族の領土を護《まも》り、そして人間との公的な交流を開始した。

人間と魔族が共存するために。

イグナーツはシルビアと協力し、人間と魔族を結ぶための働きかけをしているらしい。

争いのない世界を作ろうとした、先代魔王である父の遺志を受け継いで。

この手紙は、たまたま人間に姿を変えられる稀有《けう》な魔族の旅人と知り合ったというので託したそうだ。

いつか、遊びに来てほしいと書かれていた。

できれば、レイと二人で。

「さっきの人、魔族だったんだ。そういえば、イグナーツさんも魔族なんだよね」

「うん」

人間の領地に魔族が足を踏み入れるのはかなりのリスクがある。

それでも、わざわざ私を訪ねてくれたらしい。

幸せですか、とあの旅人は聞いた。ひょっとしたら彼もまた、魔族が人間と共存できる可能性を見つけたかったのかもしれない。

もしも、この先私がこの街でもっと人間について知り、アクセサリを通してよりたくさんの人を幸せに導くことができれば。

人間と魔族が共存できるような場所を、作ることができるだろうか。

父やルクスが望んだ……そして私とレイが望むような時代が訪れるかもしれない。
少なくとも今は、そう信じている。
その時、入口のドアが再び開き、聞き慣れたカウベルの音が店内に鳴り響いた。
小さな女の子が、不安そうに店内を見渡している。
「ヤミ、お客さんだよ」
私はそっと立ち上がる。
鉱石が採れる辺境の街トリト。
この街には、伝説の勇者ルクスの弟が営むアクセサリ工房がある。
その工房には、一つ噂《うわさ》があった。
身につけると鉱石の力がふさわしい幸せを運んでくれる……そんな噂だ。
店の中に入ると、腕利きの職人と、どこかたどたどしい女性の店員が出迎えてくれる。
店員はお客様にアクセサリを渡す時、いつも祈りを捧げる。
その祈りは鉱石に奇跡を宿す。
それが、かつて魔王だった私が持つ奇跡の魔法だ。
私はこれからもこのトリトの街で、レイと共に生きていこうと思う。
「いらっしゃいませ。ようこそ『ルーステン』へ」
だから私は今日も、鉱石に祈りを捧げる。

勇者の弟

勇者である兄ルクスは自分にとって誇りだった。

自分と兄は双子の兄弟で、よく似ていた。

でも内向的で大人しい自分と違い、兄は華があり、皆の中心で、堂々としていた。

自分が兄より秀でることはなかった。でも、兄はそんな自分を馬鹿にしたりはせず、足並みを揃《そろ》えてくれた。

いつも前を走り、迷わず、後ろを振り向かない。

兄はまるで光の化身のような存在だった。

自分は兄が好きだった。超えたいという気持ちはなかったけれど、決して敵《かな》わない存在なのだという気持ちだけは漠然と抱えていた。いつも皆が兄に目を向けていたことは誇らしく、そして誰もが自分のことを『ルクスの弟』としてしか見ないことに寂しさもあった。

そんな自分にも、兄にはない才能があった。それがアクセサリを作ることだった。

兄弟揃って父からアクセサリの作り方を習った時、兄は失敗したが自分は上手《うま》く形にすることができたのだ。

「父さん、レイは手先が器用なんだ。きっと才能があるよ」

父に報告する兄の姿が嬉《うれ》しく、誇らしかった。

自分だけが持った才能を伸ばしたくて、毎日父の仕事を手伝った。

仕事の工程を学び、余った金属を使ってアクセサリ作りをした。物を形にすることは独特な達成感があり、どんどん夢中になっていった。

そんな時、両親が死んだ。遠方へ材料の調達に出かけ、帰りに魔族に襲われたらしい。

「レイ、これからは二人で生きていかなければならない。僕がお前を支える。だからお前も僕を支えてくれ。僕たちならきっと上手くいく。父さんと母さんが残してくれたものを守っていける」

両親が死んでもなお、兄は陰らない光だった。

しばらくは兄弟で父の工房を切り盛りしていたが、戦争が激しくなると兄は戦場に出る決意をした。

「レイ、どうか僕たちの帰る場所を守っていてくれないか。お前を一人ぼっちにはしない。約束するよ」

力強い眼差《まなざ》しでそう言った兄の頼みを断ることはできなかった。

その後、兄は魔王を討ち取り、戦争を終結へと導いた。

ヤミがこの街にやってきたのは、戦争が終わってしばらく経《た》ってからだった。

初めて彼女を見た時、触れると砕けてしまいそうに見えたのを覚えている。

街の広場に座り込んだ女の子。手には蓋がされた壺《つぼ》を抱え、表情は暗く、服は汚れていて、酷《ひど》く疲れているように見えた。

街に旅人が来るのは珍しくないけれど、どうにも気になった。

「あの、大丈夫ですか」

気づけば声をかけていた。

ヤミは兄の訃報を知らせるためだけにこの街に来たらしい。

兄の死を聞いた時、最初は悪い冗談かと思った。しかし彼女の真剣な表情と、彼女が供養したという兄の骨壺を見てそれが真実なのだと悟った。

以前、魔族は火葬する風習を持っていると聞いたことがあった。だからヤミが何らかの事情を抱えた魔族なのではないかと考えた。最初は彼女が兄を殺したのかと思ったが、彼女の様子を見てそうではないと考えを改めた。

ヤミは本気で、兄の死を悼んでいた。

「……さようなら、レイ」

ヤミが家から去って兄の骨壺だけが家に取り残された。兄の遺骨というそれを目の当たりにしても、正直言うと全く現実味が湧かなかった。兄とはもう何年も会っておらず、戦時中は便りも寄せられなかった。だから現実味など湧くはずもない。それも、骨だけになってしまっては。

「おかえり、兄さん……」

口先だけでその言葉を紡いだ。

涙が出てくれれば良かったのに。

ただ漠然とした虚無がそこにあるだけで、涙は流れなかった。

街を出られなくなったヤミが戻ってきた。

温かい食事を口にすると、彼女は心の雪が溶けたように涙を流した。

すっかり弱りきっている彼女を見て、一人にするべきではないと思った。だから家に居てもらうことにした。

一緒に暮らすと、ヤミはとても真面目で素直な人だった。彼女は何を目にしても子供のように初々しい反応をする。どんな小さなことでも真剣に向き合った。

また、ヤミは魔法に卓越した人で、鉱石の力を引き出す才能を持っていた。その力を見てますます彼女が魔族かもしれないと思ったが、もはやそんなことはどうでも良かった。

自分に人を幸せにするための特別な力があると知った彼女はとても嬉しそうだった。

その姿が、かつてアクセサリ作りの才能を見つけた自分の姿とどうにも重なった。

ヤミのお陰で店の評判はどんどん上がった。

ホコリっぽかった店内はキレイになり、ヤミの丁寧な接客で店の雰囲気も和らいだ。

できればずっと、この店に居てほしいと思うようになっていた。

でもヤミがこの家にいるのはここが兄の家だからだ。いずれ彼女が兄の死を乗り越えれば、この家を出ていってしまうかもしれない。

一度、気になってヤミに兄との関係を尋ねてみた。どうやら二人は恋人同士ではないらしい。ただ、お互い想《おも》い合っていたことは間違いないと思う。

ヤミはまだ恋というものを知らないと言っていた。

彼女は自分の中にある気持ちに気付けていないのだろう。

何となくそのことを知って、胸がモヤついた。

ヤミが魔王だということが判明したのはそんな時だった。

幼馴染《おさなじ》みである聖女アルテミスが彼女の正体を暴いたのだ。

自分が魔王だと知られたヤミは狼狽《ろうばい》し、傷ついていた。何か声をかけるべきだったが、彼女が魔王である可能性を考えておらず、とっさに言葉が出なかった。

追い詰められたヤミは街を出てしまい、兄がヤミに渡した指輪だけがそこに残った。

ヤミがいない店は、随分静かで広く感じられた。それまで毎朝満たされた気持ちで起きていたのに、どうしようもなく体が重たく感じるようになった。

誰かが当たり前に傍《そば》にいることが、特別なことだったのだとようやく気付く。

今まで一人でも平気だったはずなのに。

「弱くなっちゃったな……」

ヤミはいつの間にか、自分にとってなくてはならない存在になっていた。

作業も中々手につかなくなり、漠然とした喪失感だけが自分の中にあった。


アルテミスが手筈《てはず》を整えてくれ、街の人と兄のお墓を作ることになった。詳しい事情は伏せたが、兄が最期にいた土地の風習で火葬されたと伝えると誰もが驚いていた。

アルテミスからヤミのことが伝わるかと思ったが、自分や兄のことを配慮してくれたのか、彼女が真実を流布することはなかった。

兄のお墓はかなり立派なものになった。花を供えて祈りを捧《ささ》げたが、それでもなお兄の死を実感することはできかなった。

アルテミスは神妙な顔で兄の墓に祈りを捧げていた。

「これでルクスもゆっくり休めるかしら」

「うん……きっと大丈夫だと思う」

口ではそう言ったものの、実感はなかった。

家に戻り、作業台に置かれた兄の指輪を何気なく眺めた。

ヤミはこの指輪を大切にしていた。それはこの指輪が兄とヤミの架け橋だからだろう。

今まで、自分より秀でている兄を誇らしいと思っていた。

けれどヤミの中で兄が揺るがぬ存在だと気付いた時、どうしようもなく胸が痛んだ。

自分は兄に嫉妬していた。そして、もう兄と競い合えないのだと知った時、初めて兄の死を実感した気がした。

気付けば、指輪を手にしていた。

手にした指輪には小さな傷が目立っていた。傷を修復し、砕け散ってしまった鉱石の代わりを嵌《は》め直せばまた指輪として使うことができるだろう。

いつかヤミとまた巡り会えるなら、もう一度この指輪を渡したいと思った。


ヤミが街に戻ってきた。

街の人にヤミの話をしていなかったことが幸いし、彼女が再び店で働き始めるのに支障はなかった。ただ、戻ってきてからの彼女はどこか元気がなかった。

そんな時、幼馴染みのロイドと流星祭の話をする機会があった。

「ねぇ、ロイド。街を盛り上げるために今年の流星祭は派手にしたいんだけど、手伝ってくれないかな」

「おぉ、良《い》いな。他の奴らにも声かけとくよ」

自分の提案を彼は快く受け入れてくれた。

祭りが盛り上がって街の人も元気になれば、ヤミも元気をだしてくれるだろうか。

そう思いながら仕事の合間を縫っては祭りの準備を進めた。

なるべくヤミを驚かせたくて、祭りに関わることは内緒にした。

祭りの準備の合間に、兄の指輪の修復も進めた。

指輪に触れると、指輪を兄に渡した時のことを思い出した。

『父さんが教えてくれたんだ。アイオライトが持つ意味は『人生の道標』だって。きっと迷った時に、兄さんを導いてくれるよ』

『ありがとう、レイ』

今なら、兄がこの指輪をヤミに渡した理由が何となく分かる気がする。

ヤミは空虚な女の子だった。

生きる目的を見失い、そして行き場も失ったまま、今にも消えようとしていた。

兄はそんな彼女に、道標を渡したかったのだろう。

いや、もしかしたら——

『レイ、どうか僕たちの帰る場所を守っていてくれないか。お前を一人ぼっちにはしない。約束するよ』

兄はたった一人になる弟の傍に、ヤミが居てくれることを願ったのだろうか？

兄は約束通りこの街に戻り、ヤミをここへ導いてくれた。

だから今度は、自分がヤミに新しい道標を渡すべきだと思った。

手にしたエメラルドが彼女にふさわしい未来を届けてくれることを願って、鉱石を指輪へ嵌める。

もし兄といつか出会えるなら、伝えたいと思う。

兄さん、あなたは僕の憧れで、光で、そして支えだった。

あなたは自分にとって最愛の家族で、誇りだった。

あなたが居たから自分は何度も救われた。

そしてあなたが最期に送り届けてくれた大切な人は、自分にとっても大切な人となり、光になってくれた。

僕はちゃんとあなたとの約束を果たせているだろうか。

もしいつかまた会えたら、昔みたいに肩を叩《たた》いてほしい。

それまであなたが守ってくれたこの店を、守り続けようと思う。

もうこの世に居ない兄を想い、少しだけ泣いた。

あとがき

作者の坂《さか》です。この度は『魔王のアトリエ』をお読みいただきありがとうございました。

本作品はカクヨムネクストというWEB小説サイトの公式連載で載せていただいていたものに『プロローグ』と『勇者の弟』を加筆したものです。結果として、少し切ない読後感になったのではないかと思っています。

この本の主人公『ヤミ』は僕が今まで書いたことのないタイプの女の子で、自己主張が少なく、また特定の思想や信念がありませんでした。正直言うと何を考えている子なのか作者もよくわからず、最初は摑《つか》みどころがなくて「どうしたものかな」と考えていました。

彼女の中には死にたい気持ちと、戦争への良心の呵責《かしゃく》だけが存在していたのです。

ただ、作品を書いていくにつれ、ヤミが魔王城で手にすることができたのはそれだけなのだということに気が付きました。家族を失い、理解者を失い、世で起きている混沌《こんとん》の元凶として扱われ続けた彼女は、ただ深い暗闇しか手にできなかったのです。

ヤミの人生を照らす光が必要だと気づいた時、本作のテーマが『光』になりました。

彼女を照らす人物として、まず勇者ルクスを思いつきました。

勇者ルクスはヤミを先導する人物で、暗闇に満ちた人生の歩き方を彼女に教えてくれました。しかしルクスだけではダメでした。ずっとルクスが手を引いていては、ヤミが一人で歩き出すことができないからです。それではかつての彼女と変わらないと思いました。

そこで生まれたもう一つの『光』がレイでした。

レイはヤミの後ろからそっと前を照らしてくれる人物です。ヤミが歩こうとしている道の先を照らして、ちゃんと歩くことができるか教えてくれます。先導はしてくれないけど、どう進むかを共に悩み、歩き、そして支えてくれる寄る辺となる人物です。

自分の人生の歩み方を知ったヤミに必要だったのは、間違いなくレイでした。

この物語は一人の少女が『光』を手にしていくまでの物語です。これからも彼女は様々な苦難に向き合い、多くの『光』を手にしていくのでしょう。その始まりを、皆様に見届けていただけたのかな、と思っています。

本作を書籍化していただくに当たり尽力していただいた担当編集様、イラストを担当してくださったさすも次郎《じろう》先生を始めとし、関係者各位に心からお礼申し上げます。

そして、本作を手にとってくださった読者の皆様、本当にありがとうございました。

機会がありましたら、またどこかで。

坂

お便りはこちらまで
〒一〇二―八一七七
富士見L文庫編集部　気付
坂（様）宛
さすも次郎（様）宛

本書は、カクヨムネクストに掲載された「魔王のアトリエ　奇跡のアクセサリの作り方」を加筆修正したものです。

富士見Ｌ文庫

魔王《まおう》のアトリエ
奇跡《きせき》のアクセサリの作《つく》り方《かた》

坂《さか》

2025年３月15日　初版発行

発行者　山下直久
発　行　株式会社 KADOKAWA
〒102-8177　東京都千代田区富士見2-13-3
電話　0570-002-301（ナビダイヤル）

印刷所　株式会社暁印刷
製本所　本間製本株式会社
装丁者　西村弘美

定価はカバーに表示してあります。

●お問い合わせ
https://www.kadokawa.co.jp/（「お問い合わせ」へお進みください）
※内容によっては、お答えできない場合があります。
※サポートは日本国内のみとさせていただきます。
※Japanese text only

ISBN 978-4-04-075765-0 C0193